活在当下,让每个日子都看见欢喜

牧 原◎著

北方文艺出版社

图书在版编目（CIP）数据

活在当下，让每个日子都看见欢喜/牧原著．--哈尔滨：北方文艺出版社，2020.9
ISBN 978-7-5317-4823-6

Ⅰ.①活… Ⅱ.①牧… Ⅲ.①散文集－中国－当代 Ⅳ.①I267

中国版本图书馆CIP数据核字（2020）第101036号

活在当下，让每个日子都看见欢喜
Huozai Dangxia, Rang Meige Rizi Dou Kanjian Huanxi

作　者 / 牧　原	
责任编辑 / 路　嵩	封面设计 / 米　乐
出版发行 / 北方文艺出版社	邮　编 / 150090
发行电话 / （0451）86825533	经　销 / 新华书店
地　址 / 哈尔滨市南岗区宣庆小区1号楼	网　址 / www.bfwy.com
印　刷 / 三河市人民印务有限公司	开　本 / 880mm×1230mm　1/32
字　数 / 120千	印　张 / 8.5
版　次 / 2020年9月第1版	印　次 / 2020年9月第1次印刷
书　号 / ISBN 978-7-5317-4823-6	定　价 / 42.00元

目录

Chapter 1
你所浪费的今天，是昨天死去的人奢望的明天

1. 我们这辈子，最后悔什么 / 003
2. 你打算什么时候从重复中惊醒 / 006
3. 明天生活得好不好，取决于你今天怎么过 / 008
4. 时间有限，把生命消耗在最值得的事情上 / 011
5. 别随波逐流，一定要有自己的想法和价值观 / 014
6. 时光只会老去，但时光从不会欺骗我们 / 017

Chapter 2
悲剧不在于开始后被别人淘汰，而在于开始前被自己淘汰

1. 人生最深的恐惧来自于自己吓自己 / 023
2. 如果你自己都认为自己不行，那么谁都帮不了你 / 026
3. 无休止地自设困境，带来的是无休止地自我折磨 / 029
4. 别让自己变成曾经最看不起的那种人 / 031
5. 你没必要向每个人诉说你过去的种种不堪 / 034
6. 无论自视过高还是妄自菲薄，都是大错特错 / 036

Chapter 3
不是没有时间，是我们自己在给自己设限

1. 人生是不可预测的，所以不要自我设限 / 043
2. 走出个人舒适区，让世界了解你 / 046
3. 思维定式害死人——警察看谁都像坏蛋，
   老师看谁都想教育几句 / 049
4. 不要妄图证明给一万个人看，只有一个人懂就够了 / 053
5. 你的痛苦是因为：时代在改变，你却一成不变 / 056
6. 别让当下的迷茫阻挡你前进的脚步 / 059

Chapter 4
看起来不可能的事情，或许只隔了一层薄薄的纸

1. 换个角度，你的世界可以变得大不一样 / 065
2. 成功不是将来才有的，而是从决定做的那一刻持续累积而成 / 067
3. 人生最关键的不是你目前所处的位置，而是下一步迈出的方向 / 070
4. 人不逼自己一把，真的不知道自己有多厉害 / 073
5. 永远不要说不，要知其不可为而为之 / 076
6. 让"怀疑"转变为"感叹" / 079

Chapter 5
别让拖延症害了你——你最想干什么就去干，现在、立刻、马上

1. 拖延症是我们的时代病 / 085
2. 不做只想，世界还和原来一样 / 087
3. 大部分人做不到的大部分事情，都可以归为一个字"懒" / 091
4. 谨慎不是坏事，但在思量中把时间浪费掉就太可惜了 / 094
5. 别什么事情都要到期限了才临门一脚 / 097
6. 你的拖延严重吗？——拖延测试 / 100

7. 这样做，你可以和拖延症说拜拜 / 103

Chapter 6
人生没有太晚的开始，晚了的只是开始的勇气

1. 不是时间来不及，而是勇气、智慧没跟上 / 109
2. 你是收获还是空白，差别只在于是否开始 / 112
3. 不要惧怕未知的明天 / 116
4. 敢想不敢干，人生会腐烂 / 119
5. 孤独，是每个梦想必须经历的体验 / 122
6. 越是大才能的人通常越晚成功 / 125
7. 你心里想做什么，就大胆地去做吧 / 128

Chapter 7
只要有梦想，何时开始都不晚

1. 梦想是最好的信仰 / 133
2. 人生从来不会嫌太年轻或太老，一切都刚刚好 / 135
3. 每天都是余生中最年轻的一天 / 139
4. 迟开的花也许更香，迟熟的果也许更甜 / 142
5. 做人没有梦想，跟一条咸鱼有什么分别 / 145
6. 那些嘲笑你梦想的人，是想把你变成和他们一样的人 / 148
7. 人生苦短，要活得性感 / 151

Chapter 8
你最喜欢做的那件事，才是你真正的天赋所在

1. 做你喜欢的事情就对了 / 157
2. 爱好及天赋是上天给你的出口，对抗岁月的武器 / 160
3. 让身体和灵魂联结起来，找到真正的自己 / 163

4. 太多欲望总是与自己真正的需求毫无关系 / 167

5. 别去看别人多风光,每个人的人生自己谱写 / 170

6. 最好的旅行,是通往自己的内心 / 173

Chapter 9
尽管去做,别辜负生命的另一种可能

1. 活着,就为了精彩 / 179

2. 我们这辈子,应该在世界上留下点儿什么 / 181

3. 若你一事无成,是因为你没有去做 / 184

4. 为你爱的人与爱你的人创造美满的人生 / 187

5. 再试一次,别甘心就这么认命 / 190

6. 你只需努力,剩下的交给时光 / 193

Chapter 10
一直走下去,全世界都会为你让路

1. 有些路啊,走下去才知道它有多美 / 199

2. 梦想这条路,踏上了哪怕跪着也要走完 / 202

3. 人生不是短跑比赛,而是一场马拉松 / 205

4. 每一次的跌倒,都为了更好地看清楚脚下的路 / 209

5. 心浮气躁和心烦意乱的时候,更要坚持一步一个脚印 / 212

6. 只要平实地做下去,自会水到渠成 / 215

7. 在自己的世界坚定前行 / 218

Chapter 11
努力到把自己都感动的时候,就离成功不远了

1. 强者都是含泪奔跑的人 / 223

2. 在最深的绝望里,你会遇见最美的意外 / 226

3. 你必须很努力,才能看起来毫不费力 / 229

4. 当你真正忙起来,就不会感觉自己在变老 / 231

5. 可以接受失败,但绝对不能接受自己未曾奋斗过 / 234

6. 活着就要不妥协 / 238

Chapter 12
活在当下,让每个日子都看见欢喜

1. 现在就是最好的时光 / 245

2. 不要过晚上自我厌恶、白天依旧我行我素的日子 / 248

3. 把生活过得有血有肉、灿烂向阳 / 251

4. 跟沉湎过去裹足不前的自己说再见 / 253

5. 如果对世界没有了好奇,你就真的老了 / 256

6. 用欢喜的眼睛看世界,用爱的心去感受生活 / 259

7. 让每一个当下完好无损 / 261

Huozai Dangxia,
Rang Meige Rizi
Dou Kanjian Huanxi

活 在 当 下 , 让 每 个 日 子 都 看 见 欢 喜

Chapter 1
你所浪费的今天,
是昨天死去的人奢望的明天

1. 我们这辈子，最后悔什么

不要因为害怕旁人的嘲笑放弃了梦想。其实，我们为自己的人生拼搏，何必在意别人的眼光？今天因为别人的嘲笑而放弃，明天将因为自己的放弃而悔恨。

你猜，一个人在垂暮之年，甚至是濒死之际，最在乎的是什么？

是金钱、声誉吗？实际上，当生命走到尽头，一个人念念叨叨的常常是今生的遗憾——那些想做而未做、该做而未做的事情。

比利时有一家名叫《老人》的杂志曾在全国范围内，对60岁以上的老人开展了一次题为"你最后悔什么"的专题调查。调查结果显示，72%的老人最后悔年轻时努力不够，以致事业无成。只有11%的老人最后悔没有赚到更多的钱。

年轻的时候，人总是觉得时光挥之不尽。等到年老之时，才恍然间明白，这一辈子最后悔的就是在年轻的时候没有全力拼搏。辜负美好的青春年华，浪费生命中最宝贵的时间，真的是一种罪过。

有一个人，40岁那年，突然被医生告知患上绝症，最多能活3年。得知这一噩耗，此人开始回顾和反思自己这一生，他突然觉得生命没有意义，他于是决心要在余下的3年中做成10件事，包括写一本书、学一门外语、搞一项发明、办一个工厂、游30座名山、看50个城市等等。

计划拟定好之后,他即刻便开始了行动。尽管身体常感到很劳累,也依然坚持不懈地做下去。因为他深知,此时不做,就再也没有机会了。

2年零8个月过去了,他提前完成了自己的计划。当他收拾好心情,准备好了坦然面对死亡时,戏剧性的一幕发生了。在医院复查,医生歉意地说:"抱歉,搞错了病例,您很健康。"

可见,一个人若不努力去拼一把,永远不知道自己有多大潜力。在最青春年少的岁月里,如果只是浑浑噩噩地过,而不是去努力超越自己,努力开创一番自己的事业,到年老之时后悔的只有自己。正所谓"少壮不努力,老大徒伤悲",话虽然古老,但道理却值得每一个年轻人铭记在心。

有一个年轻人,要离开故乡去追逐梦想,离开之前他去拜访本族的族长。族长对他说了三个字:"不要怕。"然后说:"孩子,人生的秘诀只有6个字,今天先告诉你一半,够你用半生了。"

30年后,这个年轻人已经是人到中年,有一些成就,但也有一些无奈。他回到故乡,又去拜访这位族长。到族长家里后得知,族长几年前已经去世,但给他留下一封密信。他打开信封,看到了三个字:"不要悔。"

人这一生,前半生不要怕,后半生不要悔,这就是最重要的人生秘诀。

有些人因为害怕失败选择了放弃梦想。其实,失败真的可怕吗?失败可能会让你损失金钱、承受压力,但失败也是最好的学校,让你成长。亚伯拉罕·林肯,打仗的时候失败过,经商的时候失败过,做律师也失败过,但他依然坚持着梦想,最终成为美国历史上最伟大的总统之一。

有人因为害怕旁人的嘲笑放弃了梦想。其实,我们为自己的人生拼搏,何必在意别人的眼光?今天因为别人的嘲笑而放弃,明天将因为自己的放弃而悔恨。还有些人,因为生活的压力放弃梦想,觉得梦想太远,生存要紧。其实很多时候,只要再多坚持那么一点点,也许就梦想成真了。甚至有一些人,因为懒惰、不能吃苦等原因放弃了梦想,这真是对青春的辜负,对生命的亵渎。

放弃梦想,也许有太多的理由,但最终让你放弃梦想的理由只有一个,那就是你对自己的不自信。相信自己,给自己一个坚持梦想的理由吧!为梦想拼尽100%的努力,即使最后失败了,人生也无遗憾。为梦想付出汗水和艰辛,给自己的孩子们树立一个榜样,也是一种正能量的传递。

其实,每个人身上都有潜在的能量,只是在日复一日的生活里,这种能量被惰性掩盖和消磨了,只有在心中立下志向,满怀激情地向着梦想奔跑,才能唤醒自己的潜力,成就人生的梦想。

心中有梦想,脚步就有力量。对于走在人生道路上的我们,最重要的不是位置,而是方向。梦想,是生命最宝贵的孩子,放弃梦想的人生,还有什么意义?放弃梦想,终将成为人生最大的痛。

2. 你打算什么时候从重复中惊醒

人生需要惊醒，从日日重复的生活中醒来，为梦想前行的人才是真正醒着的人。要知道有些事情，现在不做，一辈子都不可能再做了。千万别为了今天的"舒服"生活，放弃追求梦想的机会。

我们在听音乐的时候，经常会把自己喜欢的歌曲设置成"单曲循环"。其实，有一种生活也叫"单曲循环"，那就是日日重复的生活。这二者的区别在于，我们把一首歌"单曲循环"是因为喜欢，把一种生活"单曲循环"却是因为习惯。不得不说，这是一种可怕的习惯。

现实中有很多人，对自己的生活现状并不满意，但是因为已经习惯了这样的生活，总是难以迈出改变的脚步。

台湾著名漫画家几米曾说："今天的生活是由3年前决定的，但是如果你今天还过着和3年前一样的生活，3年后你一样得这样过着。生活不是用来重复，亲爱的，你需要改变，今天就开始改变，从现在开始找到你想要的。"是的，每个人都有必要问问自己——你打算什么时候从重复中惊醒？

其实，我们都是心怀梦想的人，只是我们很多人的梦想仅限于"想法"。关于梦想，我们时不时地想起，时不时和朋友们侃一侃，却从不行动。这样的生活，虽然不精彩，但也许很"舒服"，很安稳，没有风险和挑战。长此以往，这样的"舒服"生活让我们变得麻木，让我们变成了温水中的青蛙，过着止步不前的生活却不自知。

人生需要惊醒，从日日重复的生活中醒来，为梦想前行的人才是真正醒着的人。有句话叫作"有些事情，现在不做，一辈子都不可能再做了"。千万别为了今天的"舒服"生活，放弃追求梦想的机会。

一个叫肖成波的男孩，学习交通运输专业，大学毕业后的他，顺利进入了牡丹江公交集团从事运营工作。在当年，这是令很多同学都羡慕的工作。在国企，工作并不算累，福利待遇却是不错的。但是，怀揣梦想的肖成波并没有满足于这种安稳的生活，他一直在寻找创业的机会。

有一次到青岛旅游，他一下就喜欢上这座城市，这里的城市风景、生活习惯，都让他觉得兴奋。他不顾家人的反对，毅然辞职来到青岛。为了解决生存问题，他先来到一家做智能家庭娱乐终端的科技型企业做销售工作。孤身一人在这个完全陌生的城市里打拼，其艰辛可想而知。但肖成波并不后悔自己的选择，他相信当下的生活只是暂时的，创业的机会总会到来。

几年后，肖成波成立了自己的互联网公司，公司业务不多，生存艰难。就在这个时候，他发现对于"低头族"来说，每到一个公共场所，一个共同的迫切需求就是寻找免费wifi，肖成波相信，这就是他一直等待的创业商机。很快，他就开始跟各个商铺谈合作，免费为这些商铺提供wifi。面对免费的wifi，商铺当然是双手欢迎的，进展非常顺利。靠在免费wifi这一平台上推送广告，公司开始盈利。

之后，肖成波运用之前铺设的wifi，开始运营一个叫"贝壳公社"的平台,这一次,他走出青岛,开始在全国各个城市铺设 wifi,借此,他成功抢占了互联网流量的第一入口,打造了一个基于移动互联网的本地化 O2O 电商平台。这一年年底,肖成波的公司成功在青岛蓝海股权交易中心上市,估值数千万。

从一个普通工薪族到成功创业者,肖成波的蜕变可谓神速。要问他何以成功,只能说他一直是一个"清醒"的人,即便是在国企那段舒服的日子里,他依然清楚地知道自己是一个有梦想的人,他观察,等待,随时准备出发。

人生,缺少的从来不是机会,而是准备。机会来临时,对每一个人都是公平的,但是只有那些时刻准备着的人,才能发现机会,读懂机会,并在第一时间抓住机会。而那些在日复一日的生活里麻木着的人,已经丧失了对机会的嗅觉。正如有人所说,机会不是苹果,放在那里谁都可以看见,看到机会不是靠眼睛,而是靠头脑。

醒来吧,为了梦想,别再给自己找借口,也别再贪恋那所谓的"舒服"生活。拒绝改变的最终结果,将是输掉自己的人生。

3. 明天生活得好不好,取决于你今天怎么过

这个世界上从来没有免费的午餐,也没有毫不费力就能取得的成功。只有努力抓住今天的人,才能收获明天的成功。

刚踏入社会时,几乎所有人都站在同一起跑线上,可是短短四五年之后,有人事业有成,有人还在不断地跳槽,为

生计忧愁。后者常常埋怨命运不公，却很少在自己身上找问题。想一想这些年，别人在上班时间努力工作的时候，你在干什么？偷着打游戏、聊QQ，还有，别人下班后努力给自己充电的时候，你又在干什么？和一帮朋友吃饭、聊天。一到周末、假期，你会一觉睡到中午，甚至下午，而别人，仍然在努力前进。

所以说，你今天过得不好，是因为你昨天做得不好。而你要想明天过得好，取决于你今天怎么过。

我知道一个关于"千里马等伯乐"的故事，很有启发意义。

一匹年轻的千里马，在等待着伯乐来发现它。不久，来了一个商人，商人问："你愿意跟我走吗？"马摇摇头说："我是千里马，怎么可能为一个商人驮运货物呢？"

又来了一个士兵，士兵说："你愿意跟我走吗？"马再次摇摇头说："我是千里马，怎么可能为一个普通士兵效力呢？"

猎人来了，说："你愿意跟我走吗？"马又一次摇着头说："我是千里马，是不会去给猎人当苦力的。"

日子一天天过去，这匹马一直都没有等到自己理想中的机会。

终于有一天，来了一位钦差大臣，说是奉帝王之命来民间寻找千里马。千里马赶紧凑到这位大臣跟前说："我就是你要找的千里马！"

钦差大臣问："你熟悉我们国家的路线吗？"马摇了摇头。

钦差大臣又问："你上过战场、有作战经验吗？"马再次摇了摇头。

钦差大臣说:"那我要你有什么用呢?"马自信地说:"我能日行千里,夜行八百。"钦差大臣于是让它跑一段看看,结果,马奋力向前冲去,但刚跑了没多远就气喘吁吁了。看到这里,钦差大臣转身离去了。

这个故事告诉我们,一个好的前程不是等来的,更不是你以为能你就能。今天用来等待,明天等待你的就只有后悔了。《淮南子》有云:"圣人不贵尺之璧,而重寸之阴。"光阴一去不复返,生命之河无法逆流。一旦错过,就是无法弥补的过错。

来看看法拉第是如何用今天赢取明天的:

英国著名物理学家、化学家法拉第,出生在萨里郡纽因顿一个贫苦的铁匠家庭里。由于家境贫困,他只读过两年小学,12岁就上街当起了卖报童。13岁就到一个书商家里当工人。在那里,面对堆积如山的书籍,他一边工作一边抓紧一切时间学习。特别是自然科学类的书籍,引发了他强烈的求知欲。

靠着这种珍惜时间、刻苦学习的精神,法拉第在一次又一次的实验中发现了电磁感应现象,因此改写了人类历史。人到中年以后,他为了节省时间,把整个身心都用在科学创造上,拒绝参加一切与科学无关的活动,甚至辞去皇家学院主席的职务。

这个世界上从来没有免费的午餐,也没有毫不费力就能取得的成功。只有努力抓住今天的人,才能收获明天的成功。在这方面,居里夫人也是我们的榜样,为了不使来访者拖延拜访的时间,她从来不在会客室里放座椅。还有爱因斯坦,

76岁那一年,他病倒了,有位老朋友问他想要什么东西,他说:"我只希望还有若干小时的时间,让我把一些稿子整理好。"

不要问,为什么他们成功了,我们却如此凡庸?或许我们应该换一个问题,为什么他们在拼命努力的时候,我们却在无所事事?

道理就是如此简单,你的时间花费在哪里,你的成就就在哪里。时间,天天都是二十四小时,可是一天的时间给勤勉的人带来聪明和气力,给懒散的人只留下一片悔恨。

实现梦想,没有什么独门秘诀,唯一的方法就是在每一个"今天"做最大的努力。

4. 时间有限,把生命消耗在最值得的事情上

一天又一天,不论我们在做什么,时间总是流淌不止,可是,只有那些我们用来做有价值的事情的时间,才是真正属于我们的时间。

人生几十年,看似漫长,实则转瞬即逝。那么,这有限的生命该怎样度过,到死去的时候我们才不悔此生呢?

有人一生碌碌无为,到死去的时候后悔。这完全在我们的意料之中。可是,有人名利双收,到死去的时候也后悔。他们到底为何后悔?人生又到底怎样才能无悔呢?让我们一起来读一个富翁忏悔的故事:

有一位神父,曾主持过一个让他记忆深刻的忏悔。

忏悔者是一个富翁，他对神父说："假如我不是被某种乐趣所吸引，不是纯粹出于个人的愿望，而是受到别的什么因素的支配，我想我会一事无成。"

神父不解，请这个富翁继续说下去。富翁说："我从小就很喜欢赛车，从小就研究它们，改装它们，长大后也一直从事与赛车有关的生活，这种爱好和工作结合为一体的感觉非常好，非常快乐，最重要的是，我还从中赚到了很多钱。"

富翁停顿了一下，最后对神父说："我真的没有什么可忏悔的，我只想告诉年轻人，按照自己的梦想去生活吧！"

当天晚上，神父给报社写了一封信：怎样度过自己的一生才不会后悔？做到两点就够了，第一就是做自己喜欢的事，第二就是想办法从中赚钱。

关于人生怎样才能无悔的秘诀，神父已经告诉我们。我们喜欢的事情，其实就是值得我们追逐一生的梦想。当然，除了梦想，人人都需要金钱，以保障我们良好的物质生活，而追逐梦想和创造良好的物质生活并不矛盾，追逐梦想意味着我们要执着于一件事情，而物质上的回报则是做好一件事情的自然结果。

人生有限，有很多事情值得我们全心付出。其中，为梦想而活，为快乐而活，是最重要最值得付出的。

在追逐梦想的道路上，我们会遭遇困难，但不管经历怎样的艰难险阻都是值得的。

在追逐梦想的道路上，我们也许会犯错，会走弯路，但是没关系，只要我们摆正心态，从走过的弯路中，从犯下的错误中吸取教训，这一切也都是值得的。

Chapter 1

  为梦想前行,也许我们要少一些时间去娱乐,去闲聊,也许我们会感到疲惫,但是没关系,当梦想成真的那一天你会懂得,这一切都是值得的。

  有一天,一个旅行者路过一片树林时,他发现树林中散落着一些白色的石头。于是,他随手捡起了一块,发现上面写着"阿布杜尔塔艾格,活了8年6个月零3天"。看到这里,旅行者心头一颤,原来这是一块墓碑,而这个孩子才活了8年就死掉了,太令人痛心了。他接着又拿起另一块石头,发现上面写着"活了4年8个月零9天"。旅行者感到惊讶、难过,他又继续看了更多的墓碑,发现时间最长也只是11年。他们的生命真是太短暂了,这个旅行者禁不住哭了起来。

  也许是听到了他的哭声,一位老人走了过来。旅行者问老人:"这里到底发生了什么事情?为什么这些孩子小小年纪都死掉了?"

  老人笑着说:"别害怕,他们不是孩子,这一切都源于我们这里的一个古老习俗。"老人继续解释说:"在我们这里有一个习俗,当一个人长大到15岁时,父母就会给他一个本子,从这一天开始,每当他去做有价值的事情,比如帮助别人、为梦想努力学习等,他就要把做这些事情的持续时间记下来,当他去世的时候,我们就会把他所有花费在有价值的事情上的时间加起来,刻在他的墓碑上。"

  旅行者听完,恍然大悟。

  这个故事的寓意很明确,一天又一天,不论我们在做什么,时间总是流淌不止,可是,只有那些我们用来做有价值的事情的时间,才是真正属于我们的时间。

人这一生，有人在盲目攀比中度过，有人在斤斤计较中度过，有人在花天酒地中度过，甚至有人在监狱里度过。这样的人，虽然和别人一样行走了一生的路程，但却不能和别人一样真正拥有这一生，实在令人遗憾。

当又一天重新开始的时候，你打算继续混沌着消磨时光，还是做心中所想呢？有价值的人生，需要你在这一刻做出正确的选择。

5. 别随波逐流，一定要有自己的想法和价值观

试问一句，我们是为自己而活，为何总走在别人的道路上？问问自己，自己到底有着怎样的梦想？自己到底想要怎样的人生？一旦认清了自己心中的想法，就应该一往无前地走下去，绝不因为任何外界的干扰、诱惑而改变方向。

人有两种，一种叫作随波逐流，一种叫作坚持自己。很多时候，随波逐流会比较容易，甚至是一种"时髦"，但有句话叫作"随波逐流比无知更可怕"。为什么？因为无知是从零开始，而随波逐流如果是随地一条错误的道路，那就等于从负数开始。

实际上，那些在人生道路上最终取得了成功的人，往往都是敢于坚持自己的人。只有死去的鱼才会随波逐流，作为一个有头脑、有思想、有梦想的人，我们理应选择和坚守自己飞翔的方向。

撒切尔夫人，即玛格丽特·希尔达·撒切尔，在5岁那

一年，爸爸把她叫到身边，语重心长地对她说："孩子，你一定要有自己的主见，用自己的大脑来判断是非对错，千万不要人云亦云。这就是爸爸给你的最重要的生日礼物！"

玛格丽特一直记着爸爸的话，但在进入小学后，她惊讶地发现同学们有着比她更为丰富和精彩的生活，他们一起在街上游玩，做游戏或者骑自行车。周末的时候，他们还会去春意盎然的山坡上野餐，一切都是那么的美好。眼前的这一切，让幼小的玛格丽特心里觉得痒痒的。有一天放学后，她鼓起勇气对爸爸说："爸爸，我也想出去玩！"爸爸脸色一沉，说："你必须有自己的主见！不能因为你的朋友在做某件事情，你就也得去。"

玛格丽特好像被吓到了，没有说话，见此情形，这位严厉的父亲缓和了一下语气说："孩子，不是爸爸限制你的自由，现在是你学习知识的大好时光，如果你和其他人一样沉迷于玩乐，终将一事无成。我不会强迫你，但我相信你会有自己的判断！"在这之后，玛格丽特一直都是一个有主见的人，她始终为自己的梦想而奋斗，直到成为英国历史上最有名的一位首相，还获得了"铁娘子"的称呼。

可见，成功总是眷顾少数人，这少数人就是那些能够坚持自己想法的人，能够坚定地走在自己选择的道路上的人。相反，一味地追随别人，只会迷失自己。

古时候，有一个著名画家。有一天他突然想到一个主意，想画出一幅人人都称赞的画作，以此来研究发现目前流行的画作潮流。画完之后，他就拿到街上去展出。他还在画作的旁边放了一支笔，附上说明道：各位朋友，如果你觉得此画还有需要修改之处，请做上记号。

过了半天时间，画家去看画。发现了令人惊讶的一幕——整个画面竟然被涂满了记号。他失望极了，也开始怀疑自己的能力，难道我这么差劲吗？

第二天，他决定换一种思路。他又画了一张同样的画，然后依旧拿到街上去展出。不同的是，他这次不是请人们指出哪里不够好，而是请人们在认为精彩的地方做上记号。这一次，画家再次震惊，因为整个画作上又写满了标记，甚至原来被批评最多的地方也是如此。

画家思来想去，终于明白，所谓潮流，不过是一种表面现象。其实每个人都有自己的主见，而作为一个画家，重要的不是迎合多数人，而是坚持画出自己的风格。

这个故事告诉我们，哪里有什么潮流，每个人都有自己的潮流。太在意别人怎么想，只会把自己陷入左右为难、不知所措的境地。人这一生，何其短暂，何其宝贵，如果这一生都按照别人的意见去生活，对得起自己吗？

考大学时，别人都说某个专业好，于是你跟随别人也报了某个专业，但毕业后才发现，这个专业的人才多得如汪洋大海，找工作都难。

找工作的时候，别人都说大城市好，北京、上海、广州，工作机会多，工资也高。但你去了之后才发现，这里机会多，压力也大，每天上下班都要花费4个多小时，回到家就只想睡觉。

创业的时候，见别人服装卖得火热就去卖服装，见人家炒股赚了一把又去炒股，如此，总是跟着别人的脚步。

人这一生，有太多的随波逐流。上学是如此，选择城市是如此，甚至有些人连结婚生子也随大流。

试问一句，我们是为自己而活，为何总走在别人的道路上？问问自己，自己到底有着怎样的梦想？自己到底想要怎样的人生？一旦认清了自己心中的想法，就应该一往无前地走下去，绝不因为任何外界的干扰、诱惑而改变方向。

不过有一点要明确，我们拒绝随波逐流，绝不意味着刻意逆潮流而动，而是在清楚自己想法的前提下，朝着自己的梦想前行。

6. 时光只会老去，但时光从不会欺骗我们

时光从来不会欺骗我们，我们对美好光阴的荒废，我们为追逐梦想付出的努力，一点一滴，它都会看在眼里，记录在册，等到我们老去的那一天，一并还给我们。你若对得起你走过的那漫漫时光，时光会还你一个无悔人生；你若蹉跎了岁月，时光也将毫不留情地置你于懊悔的深渊之中。

时光易老，年华易逝，当我们满头银发坐在窗前，看那一树的枯黄的叶子随风飘落，是感叹这一生虚度了光阴呢，还是为自己丰硕的果实而欣慰？

时光如流水，一去不返，我们在时光里沧桑了的容颜，也不可能再次青春焕发，但是，时间是最好的评判者，你若虚度光阴，时光馈赠给你的只有苍白，你若勤奋努力，时光也绝不会亏待你。

在篮球界，科比是一个神一样的存在，但你知道时光何以如此厚待科比吗？

有记者问科比："你为什么能够如此成功？"

科比没有回答，而是反问道："你知道洛杉矶每天早上4点钟是什么样子吗？"

记者一头雾水，继而又问科比："那你说说洛杉矶早上4点是什么样子。"

科比说道："满天星星，寂寥的灯光，行人很少。"

作为一名篮球运动员，科比每天早晨4点就起床，开始他一天的训练。罗伯特·阿勒特是一位知名的体能训练师，他在2013年4月出了一本书《我和科比的训练故事》，向我们讲述了一个与时光赛跑的科比。

在备战2012年伦敦奥运会期间，罗伯特和美国男子篮球队一起来到拉斯维加斯进行集训，在队员们合练的前一个晚上，大约是凌晨3点半，罗伯特正准备休息，突然，电话响起，是科比。科比在电话那头很客气地问："我想知道，您能否帮我做点体能训练？"尽管困意十足，但罗伯特真切感受到了科比的真诚和热情，还是答应了科比。

罗伯特驱车来到训练馆，吃了一惊，他看到的科比，满身大汗，像刚游过泳一样，而此时还不到5点。在罗伯特的指导下，科比一直训练到早晨6点。然后罗伯特就赶回酒店补觉了。

当天上午11点，罗伯特再次来到训练馆，指导全队合练。此时的罗伯特，睡眼蒙眬，全身乏力，他正在心里嘀咕着"哦，这得感谢科比"，却突然呆住了，他发现科比仍然在满头大汗地练习投篮。罗伯特走过去问："你什么时候结束?"科比投出手中的篮球,一下命中,然后回答:"这不就结束了?"这是他当天投中的第800个球。原来,科比从凌晨四点一直训练到了中午11点。

就像《真心英雄》这首歌里所唱的,"不经历风雨怎么见彩虹,没有人能随随便便成功",科比这个神一样的篮球巨星,也不是平白无故就得到了命运如此的眷顾。实际上,自从进入NBA后,科比每天的生活都是从凌晨四点开始的。当别人还在睡梦中的时候,他已经开始了对梦想的追逐。

时光,它总会老去。但是,时光它从来不会欺骗我们,我们对美好光阴的荒废,我们为追逐梦想付出的努力,一点一滴,它都会看在眼里,记录在册,等到我们老去的那一天,一并还给我们。你若对得起你走过的那漫漫时光,时光会还你一个无悔人生;你若蹉跎了岁月,时光也将毫不留情地置你于懊悔的深渊之中。

走在追逐梦想的道路上,最难的是坚持,但最可贵的仍然是坚持。关于坚持,有这样一个简单却发人深省的故事:

有一次上课时,大哲学家苏格拉底给他的弟子们布置了一个作业,那就是每天把手甩一百下。弟子们大笑,这作业也太简单了。

一个星期之后,苏格拉底问有谁还在坚持,有90%的人举手。

一个月之后,苏格拉底又问,结果只剩下了一半的人。

一年之后,苏格拉底再问,就只剩下柏拉图一个人了。

我相信,当年柏拉图的那些"同学"们一样也渴望成为伟大的哲学家,不过,树立人生理想总是容易,为理想坚持到底却不总是那么简单。我们之中有多少人,输在了一个看似简单的"坚持"上。

如果你选择像小草一样永远活在低处,就不要怪别人永远把你踩在脚下。如果你想要不不辜负此生年华,就把所有的不愉快留给昨天,把所有的希望寄托在明天,把所有的努力付诸今天。

时光从来不会欺骗我们,可怕的是我们欺骗自己。

Huozai Dangxia,
Rang Meige Rizi
Dou Kanjian Huanxi

活在当下，让每个日子都看见欢喜

Chapter 2
悲剧不在于
开始后被别人淘汰，
而在于开始前被自己淘汰

1. 人生最深的恐惧来自于自己吓自己

人生最深的恐惧不是来自其他,而是自己吓自己。其实,成功并不如我们想象的那么难,只是被我们想得太困难了,我们自己把自己吓得不敢向前迈进。

恐惧一直存在于每个人的心中。不管我们是谁,不管我们身处何方,不管我们正在经历怎样的生活,都或多或少感到过恐惧。只有一个人能治疗你内心的恐惧,那便是你自己。面对恐惧,如果你感到意志消沉,那么你就会沉到山洼的底部;但如果你能保持自信,就可以利用当时正在扯你下坠的那股力量,从低谷之中跃出来。

一位教授带着他的 10 个学生进入了一间黑漆漆的小房子,然后告诉大家:"今天,我们要在这间房子里进行一个实验。请大家在我的引导下走到房间的那一边。"

说完,教授就拉起了排在最前面的学生的手,然后小心翼翼地向前走去,后面的学生也是一个拉一个,依次走了过去。等所有人都成功到达房间的另一边之后,教授打开了房间的一盏灯。忽然,所有人都倒吸了一口冷气,几个胆小的学生更是吓得大哭大叫起来。

原来,这个房子的下面居然是一个大坑,坑里养着许许多多形态各异的毒蛇,一条条目光如炬,有些还时不时地向上面的人吐着信子。大坑上面搭着一座窄窄的独木桥，方才他们就是从这座独木桥上走过来的。

教授转身问学生："现在，你们之中有谁愿意再走一遍？"没有人回答。过了许久，有两个胆子大的男生站了出来。第一个男生小心翼翼地走了过去，速度比第一次走时慢了很多。随后，第二个男生也颤颤巍巍地走上了独木桥，但走到一半时太害怕了，最后不得不趴在小桥上慢慢地爬了过去。

在两人都到达对面之后，教授又将房间的另外几盏灯打开了，房间被灯光照得如同白昼一样。直到这时，大家才发现：独木桥的下方装有一张十分细密的安全网，因为网线颜色十分浅，所以他们才没看见。

这时，教授又问："现在，你们之中有谁愿意再通过一次这座独木桥呢？"。

没过一会儿，3个人便站了出来。

"你们呢？"教授问剩下的5个人，"你们为什么还不愿意呢？"

那几个人异口同声地问："这张网能保证我们的安全吗？"

由此可见，失败固然与力量薄弱、能力不足有一定的关系，但最为首要的原因往往是信心不足，以至还没有上场，就因为内心的顾虑或恐惧败下阵来。

其实，我们每个人都能忍受灾难与不幸，并能战胜它们。有的人可能不相信自己能办得到，他们不知道，自己内心有惊人的内在源泉。只要我们加以利用，就能冲破难关。因为，我们比自己想象的要更加坚强。只要下定决心，就能战胜任何恐惧。请你记住：除了在脑海中，恐惧无处藏身。

当你鼓起勇气迈出第一步时，就会发现，许多事情变得非常简单，离成功越来越近了。原来成功并不如我们想象的那么困难。

1965年，一个韩国学生到剑桥大学主修心理学。期间，他经常到学校茶座或咖啡厅听一些成功人士聊天。这些成功人士包括一些创造了经济神话的人和某一些领域的学术权威，甚至还有诺贝尔奖获得者，这些人精明强干，幽默风趣，把自己的成功都看得理所当然。久而久之，他发现，在国内时，他被一些成功人士骗了。那些人为了吓退正在创业的人，普遍把自己创业的艰辛夸大了。

作为心理系学生，他觉得有必要对韩国成功者的心态加以研究。1970年，他把《成功并不像你想象的那么难》作为毕业论文，提交给现代经济心理学的创始人威尔·布雷登教授。布雷登教授看完，大为惊奇，他觉得这是个新发现，这种现象尽管在东方甚至世界各地都普遍存在，但之前从来没人大胆地提出来并加以研究。随后，布雷登教授写信给他的剑桥校友，也就是当时坐在韩国政坛第一把交椅上的人——朴正熙总统。他在信中说："我不敢说这本书对你有多大的帮助，但我相信它比你的任何一个政令都能产生震动。"

后来这本书果然伴随着韩国的经济起飞了。这本书激励了很多人，因为它从一个新的角度告诉人们，成功与"头悬梁，锥刺股"、"三更灯火五更鸡"、"劳其筋骨，饿其体肤"没有必然的联系。只要你对某件事情感兴趣，并坚持下去就会成功，因为上帝赋予你的智慧与时间够你圆满做完一件事情。而这位青年也取得了成功，他成了韩国泛业汽车公司的总裁。

世上本无事，庸人自扰之。人生最深的恐惧不是来自其他，而是自己吓自己。其实，成功并不如我们想象的那么难，只是被我们想得太困难了，我们自己把自己吓得不敢向前迈进。如果我们能勇敢地向前进，说不定就已经成功了。

2. 如果你自己都认为自己不行，那么谁都帮不了你

信心是生活中不可或缺的营养调料。没有信心的生活，不能称之为完美的生活。不要认为自己没有用，不要老是坐在那边看天空。如果你自己都不愿意动，还有谁可以帮助你成功？

人的思维通常有以下定律：从想法到证据再到结果。比如，心里想着说自己不行，就会努力搜集证据来证明自己不行，最后自己的所作所为果然证明不行。

因此，当我们在做事情时，不妨试着改变自己的想法，先想自己还可以，接着搜集证据来证明自己还可以，接下来得出自己其实还可以的结果。然后，从自己还可以进步到自己很出色，然后搜集自己十分出色的证据，最后得出自己果真出色的结果。

当一个人对自己有信心的时候，做起事来才会信心十足；当一个人对自己没有信心的时候，做事时就会怀疑自己的能力，认为自己真的不行。尼克松是我们非常熟悉的一位美国

总统，但就是这样一个大人物，却因为缺乏信心而毁掉了自己的政治前程。

1972年，尼克松竞选连任。由于他在第一任期内政绩斐然，因此许多政治评论家都预测尼克松将以绝对的优势取得胜利。

然而，尼克松本人却非常不自信，他无法从过去几次失败的心理阴影中走出来，非常担心再次出现失败。正是在这样一种潜意识的驱使下，他鬼使神差地做出了令他后悔终生的糊涂事。

什么事呢？他指派手下的人偷偷潜入竞选对手总部的所在地水门饭店，在对手的办公室里安装了窃听器。事发之后，他又一再阻止调查，推卸责任，结果在选举胜利后不久就被迫辞职。本来胜券在握的尼克松，因为缺乏自信而导致惨败。

由此可见，信心是一种心境，对自己有信心的人不会在转眼间意志消沉。信心能让一个人征服他相信可以征服的东西。信心犹如一根又弱又细的线，很容易被拉断，却可以在一个人沮丧的时候，将他抛至空中，使其重获希望。

信心是生活中不可或缺的营养调料。没有信心的生活，不能称之为完美的生活。或许有人会说这是很缥缈的东西，但正是因为缥缈、看不见，我们才会有一种精神寄托。而这种精神寄托会不知不觉地影响我们的生活方向。

理查·派克是赛车运动史上获得奖金最多的赛车选手之一。他第一次赛车回来时，很高兴地对妈妈说："有35辆车参赛，我跑了第二。"

"你输了。"他妈妈毫不客气地回答。

理查·派克感到很不理解："可是，这是我第一次参加比赛，而且赛车还这么多。"

"孩子，"妈妈深情地说，"记住，你用不着跑在任何人的后面！"

接下来的 20 年里，理查·派克称霸赛车界。他的许多纪录至今无人打破。当别人问起他成功的原因时，他说，他从未忘记妈妈的教诲，是妈妈在他为得第二名沾沾自喜的时候，帮他发现了他还可能是第一的希望。

每个人都想得第一，但这个世界上不可能所有的人都得第一。虽然我们并不认为成功的标准就是成为第一，但我们推崇自信的力量。试想一下，如果理查·派克内心缺乏自信，他自己都认为自己不行，他能在 20 年的时间里称霸赛车世界吗？

史铁生 21 岁时双腿残疾，可他却用"笔"走了世界上最远的路；贝多芬听觉完全丧失，却用心创造了不朽的《命运交响曲》；斯蒂芬·威廉·霍金全身瘫痪，不能发声，却用思维走进了宇宙……这是何等的奇迹，何等的不凡！他们之所以能创造奇迹，不仅仅是因为坚强的意志，还有信心，因为他们相信自己能行。

那我们呢？作为健全的人，我们有什么资格说自己不行呢？如果我们自己都认为自己不行，那么谁都帮不了我们。凡事要多找方法，少找借口，才能突破自己，才能做最好的自己。

3. 无休止地自设困境，带来的是无休止的自我折磨

人生的困境，有的时候是自己编织出来的。人生的绝境，通常也都是你为自己创造出来的假象。事实上，生命里那些过不去的坎儿，都是为了促使你更快地成长。

每个人都渴望幸福快乐，可是，生活却错综复杂、千变万化，而且常常发生一些令人抓狂的事：几经奔波，终于找到了一份工作，正在大施拳脚的时候却发现，自己的工资比别人少；好不容易快要做成一件事，就在节节推进时，却突然听到有人背地里嚼舌根，心里十分恼火；好心为别人排忧解难的时候，因为一点误会，遭到别人的讥讽，好心被当成了驴肝肺……于是，有人为了几块钱而耿耿于怀，整日闷闷不乐，甚至想到辞职走人；有人放下手头的事情，把精力用在应付闲言碎语上，有人因为一个小误会而纠缠不清……

人生的道路坎坎坷坷，少不了烦恼与苦闷，也免不了挫折与困难。因此，我们很难做到一帆风顺。面对这种情况，有一部分人就会变得极度悲观，陷入自设的困境之中无法自拔。

有一次，一个铁路工人不小心被锁进了一个冷冻车厢里。他心里非常清楚，如果他走不出冷冻车厢，就会被冻死。

几个小时后，有人打开了冷冻车厢，却发现铁路工人已经死了。可是，工人们认真地检查了一下车厢，发现冷气开关并没有打开，这个冷冻车厢里的温度一直保持在15.5摄氏

度,而且因为这个冷冻车厢面积大,所以有足够的氧气,可是那位铁路工人却被"冻"死了。

后来,医学家对此进行了分析,铁路工人并非死于冷冻车厢的温度,而是死于他自己心中的冰点。当铁路工人知道自己被锁的时候,他就给自己判了死刑,因为他认为,在冰冻的情况下是不可能活命的。

在极度绝望之下,铁路工人被"冻"死了,因为在此之前,他认为自己没有机会获救。当出现坏的结果的时候,愚者只会把事情往更坏的方向去想,他们认为"天意如此,非人力可为"!就好像一只待宰的羔羊,不做丝毫的反抗,就如同这位铁路工人一样。

与之相反,智者从来不会抱怨,更不会消极地等待,他们总是积极地为改变这种结果做准备,不到最后一刻,绝不放弃。两种不同的心态,却引发两种不同的命运。

一只青蛙与同伴们一起生活在浅水沟中,水沟中的水越来越少,它们已经无法从水中觅到用来充饥的食物了。这只青蛙厌倦了这种生活,它每天都在不停地蹦跳,想逃脱这个毫无希望的浅水沟。

而它的小伙伴们则习惯了这种生活,并懒洋洋地对小青蛙说:"我们现在不是还没有饿死吗?着急什么呀!"

终于有一天,小青蛙纵身一跃,跳进了旁边的大池塘里。这里不仅可以自由游泳,而且有充足、丰富的食物可供享用。小青蛙呼唤同伴说:"大家赶快跳过来吧,大池塘中的生活简直就像天堂一般。"同伴们则对小青蛙说:"我们从小就住在浅水沟中,已经习惯了这里的环境,懒得再搬家了。"

不久,浅水沟干涸了,小青蛙的同伴们全都饿死了。

当我们走投无路,陷入绝境的时候,不妨试着打开我们的心灵,打开我们的大脑,向自己求助,天无绝人之路,一定可以想到办法的。我们要充分利用一切可利用的资源,哪怕是一根细细的头发丝,也能创造生命的奇迹。

无休止地自设困境,带来的是无休止的自我折磨。人生的困境,有的时候是自己编织出来的。人生的绝境,通常也都是你为自己创造出来的假象。事实上,生命里那些过不去的坎儿,都是为了促使你更快地成长。当你看清了这一点,你就会发现,原来上天从来没有让你走投无路;相反,是你内心的恐惧与妄想,将你逼入了绝境。

4. 别让自己变成曾经最看不起的那种人

我们每个人都会改变,变得更好,或者变得更坏。不忘初心,方得始终。人一生最大的失败莫过于变成了自己曾经最讨厌的那种人。

你是否有过这样的体会?过去我们讨厌那些虚伪的人,而现在我们自己也说着虚伪的话,带着漂亮的面具,把自己伪装起来。有时候,我们看着镜子里的自己觉得非常陌生,不敢相信那些漂亮的谎言竟是从自己的口中说出来的。我们向来不喜欢在真心上包裹一层高密度的硬壳,如果不袒露心迹，别人就休想看穿。而现在，我们自己却变得越来越不坦诚，越来越不柔软，过去那些轻易击中我们的东西，对我们竟再也不起作用。

原来，在不知不觉中，我们变成了自己最初所鄙视的人。在这个叫作社会的大染缸里，好像有一条看不到的轨迹，不管我们怎样选择岔路，我们绝大部分的人最终都会走到这条轨迹上，逃都逃不掉。

刚大学毕业的时候，小林是个十足的愤青，看什么都不顺眼。他讨厌职场上的钩心斗角、尔虞我诈、虚情假意。他觉得自己的领导别的不在行，只会溜须拍马，平时就爱吹牛，翻来覆去就三个词：合作、效率、激情。即便是很小的一件事，也要发个邮件，说的话就像《英汉字典》一样，中英文切换自如。

几年时间过去了，小林由一块生铁也变成了公司这个大机器上运转的一颗螺丝钉，曾经那些不符合规格的螺丝钉，都已经变为废品淘汰了。为了不被淘汰，小林学会了察言观色，学会了阿谀奉承，学会了溜须拍马。很快，小林升职了，现在的他变得跟周围其他人一样，是同一条流水线上的"产品"了。

我们每个人都会讨厌一些人、一些事。比如，厌恶那些喜欢拍马屁的同事，痛恨那些投机倒把的奸商，鄙视那些喜欢给下属穿小鞋的领导。可突然有一天我们发现，我们讨厌的那些人竟然成功了。更为恐惧的是，我们自己也变得越来越像自己曾经讨厌的人了。我们也变得爱吹牛，变得抠门，变得尖酸刻薄。

每个游戏都有它的游戏规则，职场的游戏规则就是要少说多看，小林慢慢适应了这个规则，他升了职；有钱人的游戏规则就是炫富，刚子有钱后马上就适应了这个规则。

刚子家境不是很好，后来交了女朋友，他没钱带女朋友环游世界，对他而言，看场电影已经是一件奢侈的事情了。每每看到有人炫富的时候，刚子就恨得牙根直痒痒，嘴里还骂骂咧咧："有几个臭钱有什么了不起，就知道显摆，等我有钱了，我肯定低调。"

一天，天上真的掉了个馅饼砸到了刚子头上。刚子中彩票了，得大奖了，钱到手以后，他立刻去买了一条长长的纯金链子挂在自己脖子上，又买了金表、金戒指，名牌皮腰带，买了辆豪车带女朋友到处兜风。这时刚子才发现，原来他骨子里也是一个热衷炫富的人，只是当初的他穷得响叮当，吃了上顿没下顿的，没有那个实力罢了。

许多时候，愤怒来源于恐惧，而厌恶则来源于嫉妒。过去的我们愤世嫉俗，而当有一天，我们成了自己讨厌的那种人，如溜须拍马的领导、炫富的暴发户，那就真的可悲了。

我们所做的一切努力，不是为了从一种生活逃到另一种生活，而是为了不让自己变成曾经最看不起的那种人。时间一直在流逝，既然再也回不到从前，那就好好地奔向未来。

我们每个人都会改变，变得更好，或者变得更坏。不忘初心，方得始终。人一生最大的失败莫过于变成了自己曾经最讨厌的那种人。多想想你出发时的初心，理一理你的梦想，回头看看你走过的路，青春正在你的身后注视着你。请让她对你跷起大拇指，而不是竖起中指。

5. 你没必要向每个人诉说你过去的种种不堪

过去的成功也好，失败也罢，都属于过去。如果执意留在昨天的阴影中不愿意走出来，就永远看不到前面的阳光。我们不应该在新的一天还背负着昨天的伤痛，更不能让昨天的伤痛折磨自己一生。

人生不如意之事十之八九，无论昨天的你是成功还是失败，都已经成为历史，不能成为最终的决定因素。所以，不要总是沉溺于过去，把过去的一切都放下，只有将心中的包袱卸下，才能更好地迎接新生活。

我们经常会因一些小事而感到烦恼，如果带着烦恼去忙碌，肯定会因消极情绪而影响做事的效率和效果。其实，我们担心的问题往往不会像我们担心的那样发生或带来不利影响。既然这样，又何必让这些烦心事困扰自己呢？生活中一切烦恼往往都是来源于自身。当试着放下的时候，心灵才能得以解脱。如果过于执着，只会迷失自我，给自己徒增烦恼罢了。

一个小和尚和老和尚一起下山去化缘。小和尚对师父毕恭毕敬，做什么事都仿照师父。走到河边的时候，一个姑娘要过河，老和尚背着那位姑娘过了河，姑娘表达了谢意后离开了。小和尚心里一直想，师父怎么能背那位姑娘呢？但他又不敢问，一直走了20里，他实在忍不住了，就问："师父，我们是出家人，你怎么能背那位姑娘过河呢？"

师父淡淡地说:"我把她背过河就放下了,而你却背了她20里还没有放下。"

这个小故事告诉我们不管什么事,该放下的时候就要放下,不然劳累的只能是自己。

人生路上会遭遇很多不幸,挫折、失败、痛苦、打击等。然而,回忆盛不下太多的往事,所以我们要试着忘记。如果一个人无法忘记过去,那么他连今天也将失去。正如泰戈尔所说:"如果你为失去太阳而哭泣,你也将失去星星。"人生苦短,几十年匆匆而过,怎么能浪费时间在回味过去的痛苦上呢?

一位武术大师腿脚功夫非常厉害,他的一双迅猛无敌的快腿曾让他一度"威震武林",同行们对他甚是佩服。可是命运弄人,在一次上山采药的时候,武术大师失足摔下悬崖,尽管性命是保住了,可两条腿却齐刷刷地摔断了!一向以腿脚功夫著称的武术大师此时连站立和行走都成了问题,以前威力无敌的双腿,此时只留下一双空空的裤管。

当武术大师从昏迷中清醒过来的时候,徒弟们不敢告诉他这个悲痛的消息,他们甚至不敢想象师父看到自己的双腿没了时会有怎样的反应。然而当大师看到一双空裤管时,他没有像徒弟们想象的那样震惊,更没有捶胸顿足地表达自己的痛苦。他让徒弟把自己扶起来,平静地吃了一些饭菜,然后就像以前那样坐在那里练习内功了。练习完内功后,看着一脸茫然的徒弟们,武术大师说道:"我想说两件事,第一,你们之中如果谁还想练腿脚功夫我还会像过去那样认真教导,只不过不能再亲自示范了;第二,从现在起我要练习臂掌部的功夫,我不会因为没有了两条腿而变成废人,你们也不必因为我而放弃自己的修炼。"

几年过去,武术大师以他杰出的掌上功夫获得了更多人的敬仰。当一位多年不见的好友看到他没了双腿而流泪惋惜的时候,这位武术大师微笑着对好友说:"我把以前的一切都扔掉了,因此才能轻轻松松地生活、练武,可是你怎么还让几年前的痛苦打扰咱们久别重逢的兴致呢?"

是啊,过去的成功也好,失败也罢,都属于过去。如果执意留在昨天的阴影中不愿意走出来,就永远看不到前面的阳光。我们不应该在新的一天还背负着昨天的伤痛,更不能让昨天的伤痛折磨自己一生。

我们不能总是将命运强加给我们的一点点痛苦,在有限的生命里反复地咀嚼、回味,为陈芝麻烂谷子的事耿耿于怀,为鸡毛蒜皮的小事斤斤计较,这样只会得不偿失,有百害无一利。长此以往,记忆之舟终有一天会承载不下,心灵之船终有一天会不堪重负,如此一来,痛苦的过去就会牵制住我们的未来。

我们没必要向每个人诉说自己过去的种种不堪。我们要记住某些人某些事,但我们更应该忘记某些人某些事,记住那些应该记住的,忘记那些应该忘记的,这才是我们的人生。

6. 无论自视过高还是妄自菲薄,都是大错特错

凡事不要高估自己,也不要贬低自己,更不能因为一时的成败在生命河流里迷失自己。若是用自己的长处去看别人

的短处，就会让人滋生无谓的自大情绪；若是看到别人的长处正好是自己的短处，又会让人觉得自卑。只有看清了所有，才能全面正确评价自己。

在希腊古城特尔斐的阿波罗神殿上刻有七句话，其中流传最广、影响最深，甚至被认为点燃了希腊文明火花的却只有一句，那就是："人要认识你自己。"是的，可能我们认识许多的人和事。然而，认识别人简单，认识自己却很难，这是人生的真实写照，同时也是社会认知中千真万确的真理。

有的人只看得到自己的优点，以至做人做事都自视过高；而有的人只看得到自己的缺点，以至做人做事总是妄自菲薄。无论是前者还是后者，都是不正确的。有道是"尺有所短，寸有所长"，我们应该全面认识自己，正确认识自己。

一天，白马与毛驴结伴到山区去。在平坦大道上，白马四蹄翻腾，长鬃飞扬，不一会儿的工夫就把毛驴甩到了后面。白马转过头来看了看毛驴，见它摇着两只大耳朵，不紧不慢地在后面跟着，白马着急地对毛驴大吼道："喂，你怎么不把脚步迈得快一点？看你那慢腾腾的样子，照你这个速度，咱们什么时候才能到达目的地呢？你这黑驴子，真是个庸才。"

毛驴听了白马的训斥，既不生气，也不泄气，依旧不紧不慢地向前走着。

进入山区后，山路变得又窄又陡，崎岖不平。白马的速度不知不觉就慢了下来，身上的汗水像刚洗过澡一样。此时毛驴的步伐明显加快了，很快就赶到了白马前面。

白马看毛驴走羊肠小道的时候那么轻松，不解地问道："黑驴子，你为什么走起山路来比我快呢？"

毛驴回答说："因为各有所长，在一定条件下落后的不一定是庸才啊。"

在平坦的大道上，白马速度比毛驴快得多。而在羊肠小道上，毛驴跑得比白马快。可见，个体的技能会随着环境的变化而变化。

不管你是正寻找自己位置的年轻一代，还是韶华已逝的中年人，都要知道自己是不是在正确的轨道上前行，都要正确认识你自己。凡事不要高估自己，也不要贬低自己，更不能因为一时的成败在生命河流里迷失自己。

一个人对自己的能力、学识、地位等，往往会出现估计过高或估计过低的情况。比如在走上坡路的时候，会觉得只要凭自己的能力，就能得到自己要想的东西，甚至还将某个运气或者机遇也当成是自己能力非凡。这样的得意者事实上是平庸的人。而在走下坡路的时候，又容易把当下的逆境以及各种不利的因素当成是自己的无能，开始质疑自己的能力，贬低自己，甚至没了生活的勇气和信心。这种产生自卑心理的人，通常对外界的反应很敏感，十分容易接受消极的暗示。

张太太经常去寺院上香。她与别的香客有一些不同，她在寺院待的时间比较长，有时还会住上一两天。

寺院的客房并非在寺里，而是在寺院外不远的地方。

有一次，张太太在佛堂里看到了戒痴，于是就问智缘师父："寺里那个很可怜的小和尚是谁？"

智缘师父感到奇怪，为什么张太太觉得戒痴很可怜呢？

张太太说："你看，小和尚的衣服都破了。"

事实上，并非寺里穷得没钱给戒痴做新衣服，而是戒痴性子顽皮，常常在寺里乱跑，有时还跑到山上爬树摘果子，从树上摔下来很多次，却依旧不改，给他做的新衣服很快就会被弄破。寺里没有条件给他常常做新衣服，师父看到了就会帮他补补，若是看不到，戒痴就会穿着破衣服在寺里跑来跑去。

这次有施主指了出来，智缘师父就交代一名弟子给戒痴找一套新的僧袍穿上。

戒痴张着手，让师兄帮他穿衣服，手脚兀自不老实地在新衣服上拉扯。这时，戒痴忽然问道："师兄，上午那位可怜的太太是谁？"

师兄感到奇怪，追问了几句，才知道戒痴口中的可怜太太居然说的是张太太。

张太太衣着讲究，身上看起来总是金灿灿的，脖子上金项链的成色比佛像上的金漆还要货真价实。

戒痴说："你看她穿的衣服很华丽，可她的眉头一直紧锁着。"

有时看待一件事情的方法确实如此。评价的是同一件事情，但不同的角度呈现不同的结果——倘若目光落在张太太眉头上就会觉得她十分可怜，倘若目光落在张太太的衣物或金链子上，或许就会觉得自己可怜了。

我们对任何事物都不能仅仅盯着它的某一点看。若是用自己的长处去看别人的短处，就会让人滋生无谓的自大情绪；

若是看到别人的长处正好是自己的短处，又会让人觉得自卑。只有看清了所有，才能全面正确评价自己，自大和自卑的情绪也就不会出现了。

无论是自视过高，还是妄自菲薄，都是大错特错。一个有理智的人，应该对自己各个方面有一个客观的评价与定位。否则，毁损的就不仅仅是一个人的现在，甚至是一个人的未来。

Huozai Dangxia,
Rang Meige Rizi
Dou Kanjian Huanxi

活在当下，让每个日子都看见欢喜

Chapter 3
不是没有时间，是我们自己在给自己设限

1. 人生是不可预测的,所以不要自我设限

令大部分人在成功路上止步不前的,不是环境因素,也不是自身的才能,而是自我设限的信念。纵观古往今来,乃至我们周围的成功人士,他们身上都具备一种品质——相信自己,相信自己能克服障碍的能力。

人与人之间并没有什么太大的差别,仅仅是思维方式不同而已。为什么有的人会成功,而有的人却会失败?成功的法门究竟来自哪里?事实上,一切都源于大脑的思维方式。失败者在自己内心设置层层枷锁,对大脑进行自我设限,以至于阻碍了自己前进的步伐。

一个人一旦自我设限,就不再一往无前,甚至不断降低成功的标准,给自己消极的心理暗示:你只能做到这样了。久而久之,这个人就会变得害怕失败,做事畏首畏尾,以至于错失一次又一次的机会,最后只能甘于平庸。

科学家们曾做过这样一则实验:把跳蚤放在一个玻璃杯中,发现跳蚤很容易就跳了出来,跳起的高度为其身长的100多倍。按照身高与跳起的高度作比例计算,如果跳蚤像人这么大,那么它跳高的高度可以达到200多公尺。这一项纪录即便是最优秀的跳高选手也不可能做到。

随后,科学家们在跳蚤所在的玻璃杯上加一个玻璃罩,

"咚"的一声,跳蚤撞在玻璃罩上。连续多次后,跳蚤变聪明了,为了避免碰撞,跳跃的高度总保持在玻璃罩以下。

一天后,科学家把玻璃罩拿掉,跳蚤还是维持在原来的高度跳动。三天后,跳蚤还是在原来的这个高度跳。一周过去了,跳蚤还是在玻璃杯里跳来跳去,这时的它再也无法从杯子里跳出来了。

我们周围有很多人都在过着这样的"跳蚤人生"。起初的时候,意气焕发,不断地追求成功,但总是事与愿违,屡试屡败。经过几次失败之后,学乖了,习惯了,麻木了,他们开始质疑自己,开始降低成功的标准,即便早已取消了原有的一些限制。就如同"玻璃罩"被拿掉了,可这时的他们早已没有了再试一次的勇气。他们被撞怕了,在他们的潜意识里,他们头上的"玻璃罩"依旧存在。就这样,他们体内蕴含的巨大潜能就这样被扼杀了。

一个人最大的敌人不是别人,而是自己。只有敢于向自己挑战,并战胜自己,才能获得最后的成功。如果你想征服世界,首先要做到的就是征服自己。突破自我,才能到达成功的彼岸。

美国总统罗斯福说:"没有你的同意,没有人能够让你觉得自己低人一等。"一个人能达到什么样的高度,往往取决于给自己设定的心理高度。倘若你觉得自己是一个非同凡响的人,那么你就能取得非凡的成就;倘若你觉得自己是一个平平庸庸的人,那你的人生注定会变得平庸。

下面让我们看一个80后的不设限人生:

尼克·胡哲,1982年12月4日生于澳大利亚墨尔本的一个普通家庭,一生下来就没有四肢,如同一尊残破的雕像。这副模样起初就连他的父母都无法接受。可以想见,这样的身体给他造成了多大的困难。尼克所能利用的身体部位,只有一个长着两根脚趾的小脚,他妹妹称之为"小鸡腿",因为他们家的小狗曾经误以为那个是鸡腿,想要吃掉它。

尼克无法走路,不能提东西,并且常常忍受被众人围观的耻辱。这一度令他十分消沉,甚至想到过自杀。还好,他在最后一刻,脑海中浮现出爸爸妈妈在他墓前哭泣的样子,于是他放弃了。活着,是他做的最正确的选择。因为这让他有机会看到,原来他的人生有着无尽的希望。

尽管尼克没有健全的四肢,但他有一个聪明的大脑,和一副好口才。他经常用十分轻松的语调来调侃自己的经历,他不在意周围人讶异的眼光,他非常努力并且对自己充满信心,而事实上,他真的做到了大部分人无法做到的事:他成了一名全球知名的励志演说家。

19岁时,尼克打电话给学校,推销自己的演讲,一次次的拒绝并没有使他放弃。在被拒绝52次之后,他终于获得了一个5分钟的演讲机会,尽管薪酬只有50美元,但他非常高兴。从此,他的演讲生涯序幕正式拉开。

尼克的嗓音富有磁性,语言幽默,思路清晰,最重要的是,他有与众不同的人生经历可以跟别人分享,给人以力量与勇气。经过多年的磨炼,尼克具备了异常坚韧的心智以及丰富的人生阅历。这些精神上的素养完全弥补了身体上的缺陷,帮助他超越了四肢健全的大部分人,取得非凡的成就。

尼克天生没有四肢,他突破了身体的极限,创造了一个又一个的奇迹。其实,我们每个人的心中都潜伏着一头雄狮。人只要敢想敢做,敢于突破自我限制,唤醒自己心中沉睡的雄狮,那么奇迹就会发生。不管你过去怎样,现在怎样,你只要问问自己到底想成为什么样的人,然后不断朝目标前进,就算全世界的人都告诉你"这是不可能的",你依然不放弃,那么,你就已经取得了成功。

令大部分人在成功路上止步不前的,不是环境因素,也不是自身的才能,而是自我设限的信念。纵观古往今来,乃至我们周围的成功人士,他们身上都具备一种品质——相信自己,相信自己能克服障碍的能力。很多人没能实现自身的潜能,他们往往对自己乃至这个世界抱有某种设限的信念,也正是这种信念使得他们无法与成功结缘。

人生是不可预测的,所以不要自我设限,只有这样,你才能走出更广阔的天地,才能飞上更高的天空。

2. 走出个人舒适区,让世界了解你

乐意走出舒适区的人,往往会比别人更加容易取得成功;而安于舒适区则会让我们停止前进的步伐而不自知,

当我们有天发现自己已经落后别人一大截的时候,惊觉已迟。

我们每个人都有属于自己的舒适区。在这个舒适区里,我们做擅长的事情,跟熟悉的人交往,这令我们非常舒服。可在舒服的同时,我们前进的步调也因此而放慢了。如同温水里的青蛙一样,当慢慢熟悉了水的温度时,也就没有了危机意识。

一个人最大的障碍之一,就是无法走出自己的舒适区,一旦离开了这个区域就会感到恐惧、彷徨、无奈,变得无所适从,这其实是非常可悲的。

有一群大雁落在公园的湖边,它们打算把这里当成暂时的家,等到了秋天的时候再飞往南方过冬。

公园里的游客看到这些大雁感到十分惊奇,纷纷掏出一些鱼片、饼干等食物丢给大雁。起初,大雁不知道游客们丢的是什么,"哗"地全散开了。等游客们离开以后,它们才慢慢地靠近那些食物,美美地品尝起来。

时间长了,大雁发现游客不会伤害它们,每当游客丢下食物的时候就争先恐后地一哄而上。久而久之,大雁们就以游人们给的食物为生,一个个长得圆滚滚的。

很快,秋天到了,大雁们依旧每天过着舒适的生活。它们不想去南方了,飞那么远,太累了。

冬天来了,大雪下个不停,公园里的游客越来越少了。

大雁们躲在洞穴里瑟瑟发抖，它们又冷又饿。有几只大雁想要往南方飞去，可是笨重的身体以及寒冷的空气让它们没飞多远就折了回来。

大雁贪图一时的舒适和安逸，忘了想要飞往南方的事。当冬天来临时，沉重的身体再加上环境的因素，使得它们只能滞留在北方，实在是得不偿失。

现实生活中的很多人也经常这样。生活中的一些习惯会让我们渐渐习惯舒适，特别是当我们习惯了朝九晚五的生活，就慢慢失去了改变的能力，贪图安逸而不自知，并且让我们忘了那些曾经很想做的事，那些曾让自己热血沸腾的梦想。

舒适区是扼杀梦想的最大元凶，成功者自始至终都明白这个道理。他们总能走出自己的舒适区，敢于向自己的梦想发起挑战。

有一天，龙虾和寄居蟹在深海中相遇了。看到龙虾正在脱掉自己的硬壳，只露出娇嫩的身躯。寄居蟹十分担心："龙虾，你怎么能丢掉保护你的硬壳呢？难道你不担心被大鱼一口吃掉吗？照你现在的情况来看，随便一个急流都会把你冲到岩石里去，到时候你不死才怪呢！"

龙虾回答："谢谢你的关心，但是你不知道，我们龙虾每次成长，就一定要先把旧壳脱掉，才能生长出更加坚固的外壳。现在暂时面对危险，是为了将来更安全而做准备。"

很多人的一生就像寄居蟹一样，一天到晚只找可以避居的地方，从来没有想过怎样让自己成长得更加强壮。如果一个人总在寻觅庇护和舒适区，就会限制自己的发展。

我们有必要明白一个道理：船停在港湾里是很安全，但那不是造船的目的；龙虾不脱掉硬壳是很安全，但会阻碍它的成长；我们待在舒适区里是很安全，但那不是生而为人的意义。

成长的过程，其实就是舒适区不断扩大的过程，是从不舒服到舒服的过程。如果我们现在留恋于舒适区，跟留恋于温水中的青蛙有什么区别？当想要跳出来的时候就会发现为时已晚，只有寻找不舒服，坚持做以前令自己感到不舒服的事，才能突破自我、超越自我。

乐意走出舒适区的人，往往会比别人更加容易取得成功；而安于舒适区则会让我们停止前进的步伐而不自知，当我们有天发现自己已经落后别人一大截的时候，惊觉已迟。

过去做的每一件事，造就了我们今天的生活现状；而我们今天的所作所为，也将造就我们将来的生活处境。生活很有意思，我们现在越是想过得舒适一些，未来就越可能吃更多的苦，但如果我们现在能给自己找一些不自在、不舒服，将来可能就会过得很舒适。所以，如果你想将来过得好，那就走出个人舒适区，让世界了解你。

3. 思维定式害死人

只有打破思维定式，我们的人生才能自由，才能进入一片新的天地。古希腊哲学家赫拉克利特斯说："所有的事物都是流动的。"人也好，事也好，物也罢，都是流动的，我们的思维更应该是流动的，停滞僵化只能导致慢性死亡。

一个人在某种特定的环境中生活、工作，久而久之就会形成一种固定的思维模式，这种思维现象就是思维定式。在遇到问题的时候，我们经常不假思索地将其纳入某种特定的思维框架，按照特定的思考程序去考虑问题。这样做往往判断错误，致使结果往坏的方向发展。

人的思维如同魔方一样，有各种各样的可能。只是思维定式束缚了我们，使我们对他人的认知固定化。比如，与男性交往时，我们会下意识地认为他们粗心大意、毛毛躁躁；与女性交往时，我们会下意识地认为她们温柔娴雅、心思缜密；与老年人交往时，我们会下意识地认为他们顽固不化、因循守旧；与年轻人交往时，我们又会下意识地认为他们年纪小、办事不牢靠。具体到个人，男人也有心思细腻的，女人也有毛手毛脚的，老人也有思想开放的，年轻人也有性格稳重的。

如果遇事总是凭借惯性或者以往的经验来解决问题，往往会将自己困得更牢。因此，要想摆脱困境，改变目前的状态，不妨反过来思考，自己是否已经进入了思维定式的怪圈。

在一个化学实验室里，一位实验员正在向一个大玻璃水槽里注水，水槽马上就要满了。于是，实验员想要关上水龙头，就在这个时候水龙头坏了。只要再过半分钟，水就会从水槽里溢出来，流到实验台上。如果实验台上的仪器遇水就会引起爆裂，而仪器里的药品遇到空气就会燃烧起来，接着整个实验室就会变成一片火海。一想到这种情景，实验员们就感到害怕。如果实验室着火，他们只能葬身火海。那位实验员一边堵住水龙头的水嘴，一边急得大喊大叫。

死神离他们越来越近了。就在这个时候，只听"嘣"的一声，只见一位女实验员把自己手中的瓷研杵扔到水槽里，把水槽底部凿了一个洞，水直流而下，实验室里一下子化险为夷。

事后，同事们问她，在那么紧要的时候，怎么会想到这么做呢？她微微一笑，说："我们在上学的时候都学过《司马光砸缸》，我只是照着做一遍罢了。"

女实验员仅用了一个简单的办法就避免了一场灾难的发生。我们小时候都学过这篇课文，事实上这个"缸"就好比是我们的思维定式，许多时候我们会错失许多机会，就因为思维定式束缚了我们。

只有打破思维定式，我们的人生才能自由，才能进入一片新的天地。古希腊哲学家赫拉克利特斯说："所有的事物都是流动的。"人也好，事也好，物也罢，都是流动的，我们的思维更应该是流动的，停滞僵化只能导致慢性死亡。

大家都知道，北极几乎常年处于严寒之中。生活在那里的爱斯基摩人在没有泥土的情况下，只能把冰块切割成砖状来建造房屋。倘若向生活在这种环境下的爱斯基摩人推销冰箱，他们会接受吗？这不就相当于把取暖器卖给赤道居民一样傻吗？然而，一位叫沃特森的美国旅行家却做到了。

一次，沃特森和朋友一起去北极探险，他目睹了爱斯基摩人的生活状态。在那里，沃特森感觉自己就像身处于一个大型的冰箱里一样。朋友开玩笑说："在这个世界上，恐怕只有爱斯基摩人不需要冰箱。"

听了朋友的话，沃特森的脑海中闪现了一个想法，他笑着说："我看未必，我就有办法把冰箱卖给他们。"朋友哈哈一笑，只当沃特森在开玩笑。

很快，沃特森就把自己的想法付诸行动。他找到一位当地居民，向他展示冰箱的另外一个作用：把当地居民刚刚捕获的猎物以及自己带去的矿泉水、食物等一起放进冰箱里。接着，沃特森把冰箱的温度调到4摄氏度。第二天，他们打开了冰箱，发现这些东西并没有结冰。

要知道，爱斯基摩人存放食物的方法十分简单，只是随地一扔，因为无论扔到什么地方，食物都不会变质。做饭之前，只要用热水解冻就可以了。

现在好了，有了冰箱，做饭之前解冻的这道程序就可以省了。爱斯基摩人非常高兴，很快当地的其他居民也开始使用起了冰箱。

沃特森成功了，他的成功在于他改变了自己的定式思维：冰箱除了冷冻食物这一作用之外，还能防止食物冷冻起来。

物有本末，事有终始。说到底，还是思维决定行为。当你手里拿着锤子的时候，整个世界都成了钉子。这是一种思维定式，就像警察看谁都像小偷、坏蛋，老师看谁都想教育几句一样。思维定式害死人，许多人之所以想不开，想不到，就是因为陷入了思维定式中。只要打破了思维定式，我们就会看到别样的风景，创造出属于自己的奇迹。

4. 不要妄图证明给一万个人看，只有一个人懂就够了

妄图证明自己，而一味地去取悦别人，最终只会丧失真正的自己。与其如此，不如取悦自己，做最好的自己。

人生中，有的人之所以失败，不是因为他不能，而是因为他想取悦所有的人，结果一事无成。美国著名导演比尔·寇斯比在谈及成功的秘诀时，曾这样说道："我不知道成功的秘诀，不过我可以确定失败的教训，就是做人不要取悦所有的人。"正如比尔·寇斯比所说，如果你想取悦所有人，必定平庸一生。

处理人际关系的准则有许多，但其中最为重要的一条就是："不要奢望所有的人都喜欢你。"因为这不可能，也没有必要。

其实，关于这个问题，早在2000多年前孔子就已经给了我们答案。

一天，有人跑到孔子跟前求教："听说某人住在某地，他的邻里相亲都十分喜欢他，没有一个人讨厌他，你认为这个人怎么样？"

孔子回答道："这样的人虽然十分难得，但是我认为，倘若能让所有品行好的人都喜欢他，让所有品行不好的人都厌恶他，这样的人才是真正的君子。"

不要奢望得到所有人的认可，凡事要有自己的原则，道不同不相为谋。

不管你如何做人如何做事，总会有人欣赏你。当然，让全世界的人都喜欢是不可能的，想让全世界的人都讨厌也并非易事。无论做什么事情，都有正反两方面的评价，因此我们不能只看到杯子空了一半，还要看到杯子的另一半是满着的。对于他人的指责，要虚心听取，有则改之，无则加勉，但没必要因此使自己的情绪受到影响。对于那些不喜欢你的人，倘若他发现了你的错误，应该积极改正，倘若是误会，可以向对方解释，如果解释不清，就不要浪费时间去解释，不妨敬而远之，如果敬而远之还是不行，那就避而远之。

妄图证明自己，而一味地去取悦别人，最终只会丧失真正的自己。与其如此，不如取悦自己，做最好的自己。

宋丹丹 1984 年入行，1990 年成名。她年轻的时候喜欢一个男孩，是看对方脸色的，总想把自己最完美的一面展现在他面前，所以取悦他。结了婚以后，取悦丈夫，希望他能爱自己。甚至一度将"我够好吧?"当成自己的口头禅。但这常常使她感到被轻视。

不仅如此,作为一名演员,她总是想在观众面前展示自己美丽的一面。一次,她突然发现右脸颊上有一道皱纹,这让她吓了一跳。于是,她照镜子的次数更加频繁了。再拍戏的时候,宋丹丹会对灯光师说:"上板,上板,把我拍得年轻些。"可她心里还是不放心,她就问导演:"我多大了?"导演回答:"你16岁。"宋丹丹说:"那不行,再来,我要13岁。"

经历过婚姻的起起落落,事业的起起伏伏,现在的宋丹丹,愈发的坦然和豁达。现在的她会说:"这就是我!"现在的她不虚伪,不逢迎,谁都不取悦了,喜欢跟谁在一起就在一起,不再勉强自己跟不喜欢的人一起,舒舒服服,自由自在。而这却让她得到了前所未有的尊重。不管时间和生活会让她失去什么,她永远都不会失去自己。

宋丹丹的修炼所得,其实与2000多年前的孔子有异曲同工之妙:"你不可能同时得到所有人的喜欢。"确实,生命是有限的,我们能做的就是在有限的生命里活出自己的精彩,不必取悦他人。倘若在繁缛的生活中总是过于担心他人的眼光,处处谨小慎微,不敢大施拳脚,必将一事无成。

在现实生活中,没有人能取悦所有人。如果一个人奢望取悦所有的人,往往会事与愿违,既费力又不讨好。有道是:

"做天难做四月天，禾要插秧蚕要眠。插秧的哥哥要下雨，采桑的大姐要晴天。"天如果失去了自我准则，同样会左右为难。

做人其实也是一样。人虽为万物之灵，但没有人能像人民币那样人见人爱。即便厨师手艺如何高超也不可能使所有人的胃口都得到满足，因为众口难调，有的人喜欢吃甜，有的人喜欢吃咸，有的人喜欢吃辣，有的人喜欢吃淡。萝卜青菜各有所爱，仅此而已。

所以，我们不要妄图证明给一万个人看，只有一个人懂就够了。

5. 你的痛苦是因为：时代在改变，你却一成不变

无论我们是否察觉，无论我们是否愿意，每个人时时刻刻都在寻求变通。不一样的是，善于变通的人越变越好，离成功越来越近；而不善于变通的人，离成功越来越远。

许多时候，阻碍一个人进步的最大障碍，并非未知的东西，而是已知的东西。因为过去的某些经验曾经带来过成功，因此很容易变成前进的羁绊。万物都有新陈代谢，没有一成不变的，我们自己也不能永远不动声色。

没有做不到的事，只有不会变通的人。即便是过去成功的经验也需要不断创新。正所谓没有变化就没有生机，要想做成事，我们就不能一成不变，而要寻求变通。

科学家把4只猴子关到一个密闭的房间中,每天喂很少的食物,让猴子饿得吱吱叫。几天后,科学家在房间上面的小洞放下一串香蕉,一只饿得受不了的大猴子一个箭步冲上前,可是它还没有够到香蕉,就被预设机关所泼出的滚烫的热水烫伤了,其他3只猴子也依次爬上去想要拿香蕉,结果均被热水烫伤。4只猴子即便再饿,也只能望"蕉"兴叹。

几天以后,科学家替换了一只新猴子进入房间,当这只新猴子肚子饿得也想去吃香蕉的时候,马上被其他3只老猴子制止,并被告知有危险,一定不能尝试。

接下来,科学家再次用新猴子换一只老猴子进入房间,当这只新猴子想要够香蕉的时候,有趣的事情发生了,这一次不仅剩下的两只老猴子制止它,就连没被热水烫过的半新猴子也极力阻止它。

实验依然继续着,当所有的猴子都被换过之后,没有一只猴子有被烫伤的经历,上面的热水机关也取消了,取香蕉易如反掌,却没有一只猴子敢上前去取。

虽然事过境迁、环境改变,猴子却依然恪守前人的经验,以至于错失吃香蕉的大好机会。

做人其实也是一样,不能老是恪守前人的经验教训,而要学会变通。当种子撒在十里长成树苗后,尽可能不要轻易移动,否则就难以成活。可我们人就不一样了,我们有大脑,遇到事情能够灵活处理,一个方法不行,那就改换另外一种方法，总有一种方法是行得通的。

从前有个卖草帽的人，有一天他走得累了，于是就把草帽放下来，靠着一棵大树睡着了。等他醒来的时候，发现身旁的帽子凭空消失了，抬头一看，帽子都在树上的猴子头上，怎么办？他灵机一动，猴子平时最喜欢模仿人的动作，于是他就试着将头上的帽子拿下来，扔来扔去，猴子也学着他，将帽子纷纷都扔在地上。卖帽子的人开开心心地捡起帽子，回家去了。

回到家以后，卖草帽的人就将这件事，告诉给了他的儿子和孙子。

许多年后，他的孙子继承了家业。有一天，孙子经过他爷爷卖草帽的那条路，也跟爷爷一样，靠在大树下睡着了，而草帽同样被猴子拿走了。他想起了爷爷曾经对他讲过的事，于是他将头上的草帽拿下来，扔到地上玩，可是奇怪了，小猴子看看老猴子，老猴子对着小猴子哇哇地叫，还直瞪着他看。这个时候，老猴子对卖草帽的人说："你以为只有你有爷爷吗？"

要知道，猴子也有爷爷，猴子的爷爷告诫子孙一旦抢到帽子千万不要被人骗回去。这样一来，环境和问题都发生了改变，再用老经验就行不通了，必然遭受失败。

前人的经验固然宝贵，但时代是变化的，我们不仅要继承，还应该要创造性地改造这些经验，使之变成我们自己的更加实际的宝贵财富。现在这个社会，可以说是瞬息万变的，无论我们是否察觉，无论我们是否愿意，每个人时时刻刻都在寻求变通。不一样的是，善于变通的人越变越好，离成功越来越近；而不善于变通的人，离成功越来越远。

我们之所以痛苦，是因为时代在改变，我们却一成不变。如果只是一味地墨守成规，迟早会被淘汰。或许我们不能改变过去，但是可以改变现在；或许我们不能改变环境，但是我们能够改变我们自己。

6. 别让当下的迷茫阻挡你前进的脚步

美国脱口秀女王奥普拉曾经说过："一个人可以非常清贫、困顿、低微，但是不可以没有梦想。"一个人如果连梦想都不敢奢望，就只能像浩瀚宇宙中的一粒小小尘埃，漫无目的地飘荡。

人的一生如同树木。一棵树从一棵小树苗到长成参天大树，就好像一个人从婴孩成长为一个大人一样。难道树经历的风雨比我们少吗？不是。在每一个重要的阶段，树都会面临风吹雨打、日晒雨淋。树没有"七情六欲"吗？不是。只要是生命都会经历生老病死，生长繁殖，所以说树也有"七情六欲"。

然而，与树相比，我们人好像更容易在人生的旅途中迷茫。我们总是在走弯路、碰壁、无所作为，甚至会因为一个决定而踌躇不已。可树却能一直往上生长，长得笔直，长得枝繁叶茂。原因是什么？因为不管经历什么，树总会向有阳光的地方走去，并且坚定不移。

倘若说阳光是树的梦想，那么你的梦想是什么？或者说，你有梦想吗？如果连自己都不懂，连自己到底要干什么都不知道，甚至想都没有想过，能不迷茫吗？

张静从小不爱读书。高中因为学习成绩不好，学了艺术体操成了体育生，后来高考没考好，无缘体育院校，只好进了西安一家大专学习动画设计。毕业后，张静回老家尝试过几份工作，比如超市推销员、公司文员、建筑工地人员，但大多以失败而告终。后来在爸妈的安排下，张静在家附近的机关单位里做了临时行政人员，一直待到现在。

前几天，张静与许久未见的好友聚餐，好友见她一副颓废的样子，就问起原因。张静愣了一会说："我不知道自己该怎么办？我一直好迷茫。"见她一脸难过，朋友就跟她聊了起来。

朋友："你知道自己最擅长什么吗？"

张静："不知道。"

朋友："你知道将来你想做什么吗？"

张静："不知道。"

朋友："那你有什么梦想和目标吗？"

张静："不知道。"

朋友："那你愿意一直这样下去吗？"

张静用力摇摇头："当然不。"

你是不是也处于张静的状态之中？不懂、不知，却又不甘心，于是只能一直迷茫着？你迷茫，是因为，你连一个梦想都没有。

美国脱口秀女王奥普拉曾经说过："一个人可以非常清贫、困顿、低微，但是不可以没有梦想。"一个人如果连梦想都不敢奢望，就只能像浩瀚宇宙中的一粒小小尘埃，漫无目的地飘荡。我们再看看身边的那棵树，它总是在努力接近阳光，每时每刻，从不间断。

梦想是动力之源。倘若做自己真正感兴趣的事，或者现在的行为和努力是为了以后做自己感兴趣的事情，以便实现自己的梦想，那么每个人都会充满动力，充满激情。

就像下面这个故事所昭示的那样：

有三个工人在砌一堵墙，这时有人过来问："你们在干什么？"

第一个人没好气地说："没看见吗？砌墙。"

第二个人抬头笑了笑，说："我们在盖一幢高楼。"

第三个人一边砌墙一边哼着小曲，他的笑容很灿烂："我们正在建设一个新城市。"

十年后，第一个人在另一片工地上砌墙；第二个人坐在明亮的办公室里画图纸，他成了工程师；第三个人呢，成为前两个人的老板。

由此可见，你的梦想有多大，你的成功就有多大。有梦想的人是努力和快乐的。尽管他在砌一堵墙，但他的梦想是一个新的城市，而这就是他动力的源头。

　　你的梦想是什么？你的目标是什么？现在还没有？没关系，只要马上开始规划，就为时不晚。迈出第一步，朝确定的方向继续前进。莫要让当下的迷茫阻挡了你前进的脚步。相信总有一天，你的生活会充满欢声和笑语。

Huozai Dangxia,
Rang Meige Rizi
Dou Kanjian Huanxi

活在当下，让每个日子都看见欢喜

Chapter 4
看起来不可能的事情，
或许只隔了一层薄薄的纸

1. 换个角度,你的世界可以变得大不一样

"以我观物,故物皆着我之色彩。"同样一件事情,如果换个角度去思考,就会有意想不到的收获。黄昏落日常常用来比喻阳光的结束,黑夜的来临,事物的衰败,可是又有多少摄影师将这景象拍成了一幅幅美丽的照片。

人一生下来,就十分辛苦,前进的道路上遍地荆棘,我们必须时时面对挫折、坎坷、失败。反正总要面对,为什么不用积极、快乐的心态去面对呢?这样不是更好吗?事实上,事情的好坏,关键在于我们怎么看它,角度不一样,结果自然也就不一样。

在现实生活中,有些人的眼里看到的总是阳光灿烂的一面,而有些人眼里看到的总是灰暗的一面。要不怎么会说"有的人是60岁的人30岁的心脏,而有的人则是30岁的人60岁的心脏"。

看到阳光的人心态是积极向上的,生活中到处都是美好,他们的身体与思想永葆青春;而看到灰暗的人,生活中充满抱怨,总认为生活待自己不公平,身体与心灵会日渐衰老。

据传,有个寺院的住持,给寺院里的和尚立下了一个特别的规矩:每年年底,要对住持说两个字。

第一年年底,住持问新和尚有什么想要说的,新和尚说:"床硬。"

第二年年底，住持又问他心里有什么想要说的，他回答说："食劣。"

第三年年底，和尚没等住持问话就说道："告辞。"说完就离开了寺院。

望着和尚的背影，住持自言自语地说："心中有魔，难成正果，可惜啊可惜！"

和尚选择了人生的背面，他看待事情总是用一种悲观的态度，从没想过要换个角度看问题，只是一味地抱怨。也正是因为他的抱怨，让他失去了修成正果的机会。

事物在一个人心中好或坏，并不在于事物本身，而在于人的心态。就像王国维说的那样："以我观物，故物皆着我之色彩。"同样一件事情，如果换个角度去思考，就会有意想不到的收获。黄昏落日常常用来比喻阳光的结束，黑夜的来临，事物的衰败，可是又有多少摄影师将这景象拍成了一幅幅美丽的照片。牢骚满腹者，不妨试着冲破局限，换一个角度去欣赏，让积极的心态主宰自己，定会发现美的存在。

在一个夏天的傍晚，有一位美丽的少妇投湖自尽，被路人救起。路人问："你年轻轻的，为什么这么想不开啊？"

"我结婚才两年，丈夫就抛弃了我，接着女儿又病死了。你说我活着还有什么意思啊？"

路人听了沉吟片刻，说："两年前你是怎么过的？"

少妇说："那时的我自由自在，无忧无虑的。"

"那时你有丈夫和女儿吗？"

"没有"。

"那么你不过是被命运之神送回到了两年前。现在你又是那个自由自在、无忧无虑的你了。还是好好生活吧!"

听了路人的话,少妇恍如做了一个梦,她揉了揉眼睛,想了想,就回家去了。从此再也没有寻短见。

同样是半瓶水,悲观者会说:"哎,只剩下半瓶水了!"而乐观者却说:"哈,真不错,还有半瓶水啊!"半瓶水因角度不同出现两种心境,如果换种角度就会发现,事情没有你想象的那样糟糕。

许多时候,我们的苦恼都是凭借过去生活的"经验"做出的错误判断。这些"经验"就像一条无形的绳子,将我们束缚得紧紧的,得不到自由。当我们挣脱开绳子,换个角度看看这个世界,你就会发现,世界不一样了。

造物主为什么将我们的头颅放在肩膀上?或许是想让我们的思维有一定的高度吧。造物主为什么将我们的眼睛放在脸的最上面呢?或许是想让我们看得更远一些吧。倘若你的思维达到了某种高度,看待问题时能够换个角度,你就会从生活的各种小事里发现更多有趣的道理。

塞翁失马,焉知非福?换个角度,你发现世界无限宽大;换个角度,你会收获另一个秋天;换个角度,你得到的是另外一个世界……

2. 人生最关键的不是你目前所处的位置,而是下一步迈出的方向

一个人不管他多大年龄,真正的人生之旅,是从迈出下一步的方向开始的,以前的日子,只不过是在绕圈子而已。

你的起点在哪里并不重要，关键是你有没有明确的目标，只要目标明确，努力就不会白费，你的聪明才智也就不会枉费，大好的青春年华也不至于荒误。

美国成功学家拿破仑·希尔在《一年致富》中有这样一句名言：一切成就的起点是渴望。一个人追求的目标愈高，他的才能发展就愈快。一心向着自己目标前进的人，整个世界都会给他让路。

不管你过去如何不幸，不管你目前所处的位置如何，不管你从哪里来，这些都不重要，重要的是你要去哪里，有没有明确的目标。

西撒哈拉沙漠中有一个小村庄，在它被肯·莱文发现之前，当地的人没有一个走出过沙漠。肯·莱文用手语向当地的人问明原因，结果得到的答案是一样的：从这儿不管往哪个方向走，最终都会绕回到这个地方来。为了证实这种说法的真伪，肯·莱文做了一次实验，从比塞尔一直向北走，结果三天半就走了出来。

那为什么比塞尔人走不出来呢？肯·莱文十分郁闷，最后他只得雇一个比塞尔人，让他带路，看看究竟是为什么？他们带了半个月的水，牵上两匹骆驼。10天过去了，他们走了数百英里的路程，第11天的时候，他们的眼前出现了一片绿洲。他们果然绕回到了比塞尔。这一次肯·莱文终于知道了比塞尔人走不出沙漠的原因，原来他们不认识北斗星。

在漫无边际的沙漠里，一个人倘若仅仅凭着感觉走，他会走出许多大小不一的圆圈，走出的足迹就如卷尺的形状一样。比塞尔村地处撒哈拉沙漠中间,方圆上千公里没有一点参照物,如果没有指南针,又不认识北斗星,想走出沙漠,的确不可能。

临走之前,肯·莱文告诉一个叫阿古特尔的青年,只要白天休息,夜晚朝北面那颗最亮的星星走,就可以走出沙漠。阿古特尔跟着肯·莱文,三天后果然来到了大漠的边缘。

这位青年也因此成了比塞尔的开拓者,他的铜像被竖在小城的中央,底座上刻着这样一行字:新生活是从迈出下一步的方向开始的。

不管你如何足智多谋,不管你浪费了多少心血,不管你做了多少努力,如果没有一个明确的目标和方向,终归会迷路。就像比塞尔人一样,没有目标,漫无目的的徘徊最终会迷路。

一个人不管他多大年龄,真正的人生之旅,是从迈出下一步的方向开始的,以前的日子,只不过是在绕圈子而已。因此人必须要有一个正确的方向。你的起点在哪里并不重要,关键是你有没有明确的目标,只要目标明确,努力就不会白费,你的聪明才智也就不会枉费,大好的青春年华也不至于荒误。

阿里巴巴创始人马云的成功就充分说明了这一点。

马云历经三次高考才考入杭州师范大学,毕业以后,他进入杭州电子工业学院任教。1995 年,还是讲师的马云出访美国,这时的他第一次接触了互联网,他依靠敏锐的商业直觉选对了方向:当时中国还没有互联网,没有电子商务,于是他就开始做他的中国黄页。

很显然,中国黄页并不是一个很好的商业模式,后来雅虎、新浪等迅速崛起,尽管马云黯然地离开了北京,但他依然坚持做电子商务，依旧向着这个方向坚持不懈。事实证明，马云的选择是正确的，阿里巴巴帝国的迅速崛起，淘宝网站的迅速普及让人们见证了电子商务发展的新纪元。

马云不是赢在起点，而是赢在转折点。正是他迈出下一步的方向，决定了他一生的成就。的确，人生重要的不是你的起点，就算你现在没有经验、没有钱、没有人际关系、没有阅历，这些都不重要。没有经验，可以通过自己的实践操作去总结；没有钱，可以通过自己的辛勤劳动去赚取；没有人际关系，可以一点一点去编织；没有阅历，可以一步一步去积累。但是，没有目标、没有方向才是最可怕的，会让人感到恐惧、绝望。

不要再去埋怨社会的各种不公，只要你那颗进取的心保持不变，你努力的方向没有改变，你也会像马云那样取得辉煌的成就。虽然我们大部分人都来自于普通甚至是贫民家庭，但我们要知道许多成功者也都是贫民出身的。

尽管我们没有很好的背景，但是只要我们拥有正确的方向以及一颗进取的心，只要我们坚持走下去，我们就能取得预想的成功。

3. 人不逼自己一把，真的不知道自己有多厉害

当我们的能力长时间得不到提升的时候，适时地逼自己一把，给自己一个没有任何退路的悬崖，激发出自身的巨大潜力，逼迫自己向生命制高点发起冲锋。

从呱呱坠地的那一刻起，我们大声啼哭，逼迫肺呼吸新鲜的空气。接着，发生的许多事情，都逼着我们去适应，去争取。

我们走的每一步都是环境所逼、社会所逼、生活所逼，面对各种压力、各种无奈，我们只能不断向前冲。换个角度来看，逼迫又何尝不是一次机会，当我们被逼到绝境的时候，我们的手中其实多了一把征服世界的利剑。

所以，被逼不要无奈，被逼也是一种福气，是一种幸运。

曾经有一位中国留学生刚到澳大利亚的时候，利用课外的时间在一家餐馆打工。一天，他看到报纸上登出了一则招聘启示。

这位留学生选择了去应聘线路监控员这一职位。过五关斩六将，眼看年薪三万五的职位就要到他的手中了，没想到招聘主管却出人意料地问他："你会开车吗？你有车吗？这一份工作要经常外出，没有车可不行。"

为了得到这份极具诱惑力的工作，留学生不假思索地回答："会！有！"

主管说："4天后，开着你的车来上班。"

为了生存，留学生准备豁出去了。他先是从朋友那里借了500澳元，接着去旧车市场淘了一辆外表丑陋的"甲壳虫"。

第一天，他跟华人朋友学习简单的驾驶技术；第二天，他在朋友屋后的那片大的草坪上练习开车；第三天，他歪歪斜斜地驾着车上了公路；第四天，他居然开着这辆"甲壳虫"去公司报了名。

时至今日，当初的那位留学生已经是"澳洲电讯"的业务主管了。

往往阻碍我们前进的最大障碍，不是困境，也不是对手，而是我们自己，所以我们要敢于向自己发起挑战。倘若这个留学生做事畏首畏尾，不敢向自己挑战，那他也不会取得今天这样的成绩。

有时，当我们的能力长时间得不到提升的时候，适时地逼自己一把，给自己一个没有任何退路的悬崖，激发出自身的巨大潜力，逼迫自己向生命制高点发起冲锋。

比如，在交通事故中，面临死亡的威胁时，不管是谁都会全力以赴，努力从险境中挣脱出来。在灾难面前，经常看到柔弱的女人执行艰巨的任务。平常我们会觉得她们承担不起来，但是面对困境的时候，她们内心深处的精神力量被唤醒了，使她们化身为巨人。

潜力，是一种神赐的力量，不可言传，它好像不在普通的感官之中，而是潜伏在我们的内心深处。当处于绝境的时候，这种力量就会爆发出来，创造生命的奇迹。

有一个农夫在山上拣到一只小鸟，这只鸟长得非常丑陋。农夫觉得它很可怜，就将它带回了自己的家，让它跟其他小鸡一样，由鸡妈妈喂养。慢慢的，丑陋的小鸟长大了，农夫这才发现它原来是一只鹰。为了避免鹰吃鸡，农夫决定把它放飞。可是由于小鹰从来没有学习过如何飞翔，怎么也飞不起来，这下把农夫急坏了。

就在这个时候，来了一个智者，他把小鹰带到悬崖边上，用力把小鹰往悬崖下摔去。起初的时候，小鹰急速下落，当快要落到崖底的时候，小鹰终于飞了起来。

可以想见，如果不是逼到绝处，小鹰恐怕一辈子也飞不起来。有危机才会有动力。只有将自己逼到绝路上，才能充分发挥自身的潜力。成功，是逼出来的。

如果你想要成功，那你就必须逼自己一把，否则你真的不知道你自己有多厉害。当遇到困境的时候，要相信自己，能把事情处理好。当你有压力时才会有动力，穷则变，变则通，时势造英雄。要想得到成长，你就要经过千锤百炼。

有时候，不要对自己太好，对自己狠一次，逼自己一把。

4. 永远不要说不，要知其不可为而为之

人生数十春秋，不可能永远都一帆风顺。当遭遇困境的时候，要不怕其难，永不退缩，这样的人生才不是黯淡的。如果一个人敢于冒着风雨前进，而且毫不畏惧地全力以赴，就能事过境迁，悠然见南山。

有人说"明知山有虎，偏向虎山行"是一种非常愚昧的行为，势必失败，而明明知道不会成功，又为什么不绕道而行呢？换个角度来说，这又何尝不是一种不畏困难的精神呢？

我们都知道武松打虎的事情。当得知山上老虎为患时，武松就扬言要把老虎打死，当时许多人都认为他必死无疑了，可最后呢？才智过人、武功高强的武松真的把老虎打死了，而且自己还毫发无损，大家称他为"打虎英雄"。

事实上，在历史的长河中，"打虎英雄"并不仅仅只有武松一个人，在影视界也有这样一位"打虎英雄"。

他，穷困潦倒，100美元是他的全部资产，他之所以来到好莱坞就是想成为一名电影明星，因为他太喜欢当演员了。

来到这座城市的第二天，他就开始挨家挨户地敲电影制片公司的门了。没想到，全城500家电影公司都拒绝了他。面对500次的拒绝，他并没有灰心，他决定从头再来——再挨家挨户地敲一遍，结果还是遭到了500次的拒绝。

为了鼓励自己坚持下去，他将这1000次拒绝当成了人生的一次绝佳的体验。然后他又挨家挨户地自荐了。不过这一次，他在争取当演员的同时，还向对方推荐自己苦心撰写的剧本。

第三轮拜访完毕了，此时的他已经遭到1500次拒绝了。怎么办？这样的情况下，估计没有人会坚持了，但固执如他还是选择再来一遍。

在经历了1885次冷酷无情的拒绝之后，终于有一家电影公司答应采用他的剧本了，并由他出演男一号。这部影片的名字叫《洛基》，其中男一号的扮演者，就是这个故事的主人公，名叫席维斯·史泰龙，也就是后来轰动全世界的好莱坞动作巨星。

史泰龙凭借着坚强的意志以及不懈的努力，完成了一个穷小子到国际巨星的蜕变。可见，知难而上并不是愚蠢的行为，恰恰相反，它是史泰龙陷于山重水复疑无路时最重要的一种信念。

天下的美事，没有一件是轻而易举就能得到的，有的时候甚至需要鼓起勇气，从虎口拔牙。看似是不可能做到的事，只要咬定青山不放松，迎难而上，就能创造奇迹。

每个人与成功只是隔着一扇门,有勇气推开这扇门,你就成功了;而停留在原地思考、猜测、质疑的人,永远不会取得成功。

一天,某公司总经理向全体员工发布了一条禁令:"谁也不能走进8楼那个没挂门牌的房间。"但是,他没有说明原因。在此之后,没人违反这条禁令。

三个月后,公司来了一批新员工。在全体大会上,总经理又一次重申了这条禁令。这时,只听一个新来的小伙子在下面小声嘀咕了一句:"为什么?"总经理听到后并没有因这位新人的不礼貌而生气,只说了一句:"不为什么!"

回到座位上,那个年轻人还是想不通,想不明白总经理为什么要这样做。其他同事劝他只要做好自己分内事,别的不用瞎操心,因为总经理说的就是对的。可这个小伙子的犟脾气上来了,非要把事情弄个明白。于是他决定冒总经理之大不韪,去那个房间探个究竟。

这天,他爬上8楼,轻轻地叩了叩那扇门,没有反应。小伙子不甘心,轻轻一推,原来门是虚掩着的。这个房间里没有多余的摆设,只有一张桌子。小伙子来到桌子旁,看到桌子上放着一张纸,上面写着几个醒目的大字——"请将此牌送给总经理"。小伙子拿起那张已落满灰尘的纸,乘电梯直奔15楼总经理办公室。当他将纸交给总经理时,仿佛等待已久的总经理一脸笑意地宣布了一项让小伙子感到震惊的任命:"从今天起,你被任命为销售部经理助理。"

在以后的日子里,小伙子果然不负众望,不断开拓进取,将销售部的工作搞得红红火火,并很快被提升为销售部经理。

很久之后，总经理才解释："敢于说'不'，明知不可为而为之，勇于冒着风险走进禁区，这是一个富有开拓精神的成功者应具备的良好素质。"

事实上，许多成功的门都是虚掩着的。只要冒着风险去打开它，就能探个究竟。到了那个时候，或许展现在眼前的是一片别样的天地。

人生数十春秋，不可能永远都一帆风顺。当遭遇困境的时候，要不怕其难，永不退缩，这样的人生才不是黯淡的。如果一个人敢于冒着风雨前进，而且毫不畏惧地全力以赴，就能事过境迁，悠然见南山。机遇固然重要，但更为重要的是要坚持自己的理想，永远不要说不，要知其不可为而为之，让不可能变为可能。

5. 戒掉模仿的习惯——可以没学历，但不能没创意

总是模仿别人的人永远不会走向成功，即便他模仿的对象是一位成功者。成功是不可复制的，它本来是一种富有个性的创造，是一种原创的力量。倘若一个人总想着要偏离自我而妄图成为另外一个人，那么他模仿的成分越高，他失败的可能性也就越大。

每一位成功者的背后，都有自己不能为别人所模仿的独特的经历。他们走过的路，往往不适合别人跟着重新再走。与其走一条别人走过的旧路，不如走一条没有人走过的新路。因为一条新路，总是会遇到更多的未知的障碍。看清自己面前的

路,还要留意别人走过的路,一定会让我们受益颇多,因为它会避免我们走一些不必要的弯路。这就意味着,在某些时候,为了尽快获得成功,我们可以模仿他人。但如果一味地模仿,不知道变通,就会成为自己的负累,最终会迷失自己。

曾经听过这样一个故事:

有一只麻雀,非常羡慕孔雀。孔雀的步法是那么骄傲!它高高地昂起头,抖一抖身上美丽的羽毛,开屏的样子是那么的漂亮!

"我也要像孔雀那样,"麻雀想,"到时候,大家一定都会过来赞美我。"

麻雀伸长自己的脖子,扬起头,深吸一口气让小胸脯鼓起来,抖开尾巴上的羽毛,想要做一个"麻雀开屏"的动作。麻雀学着孔雀的步法前前后后地踱着步子。可这些动作下来,麻雀感到非常吃力,脖子疼,脚也疼。最糟糕的是,其他鸟类——不可一世的黑乌鸦、美丽的金丝雀,都跑过来挖苦这只学孔雀的麻雀。不一会儿,麻雀就受不了了。

"我不要学了,"麻雀想,"这个游戏一点都不好玩,我还是安心地当个麻雀吧!"可是,当麻雀还想像原来那个样子走路的时候,已经不行了。它再也没有办法走了,只能一步一步地跳。这就是为什么现在麻雀只会跳不会走的原因。

你可以模仿别人,但不能一味地模仿,否则就会失去本来的自己。就像麻雀一样,为了模仿孔雀,连走路都不会了。

总是模仿别人的人永远不会走向成功,即便他模仿的对象是一位成功者。成功是不可复制的,它本来是一种富有个性的创造,是一种原创的力量。倘若一个人总想着要偏离自我而妄图成为另外一个人，那么他模仿的成分越高，他失败的可能性也就越大。差异化，永远都是制胜的法门。做自己吧，因为这个世界需要的是能用创新的方式做事的人。

上个世纪30年代，日本还是个不太富裕的国家，仅有3家小规模的汽车制造厂，年产量只有几百，而当时的美国福特公司每天下线10000辆T型轿车。丰田喜一郎非常看好汽车业发展前景，他投资13万美元成立了丰田汽车公司。尽管对这个行业很有信心，但他在汽车制造方面没有任何经验，怎么办呢？丰田汽车公司开始模仿。

丰田的第一个模仿对象是美国克莱斯勒的Airflow车型，他们模仿制造出来的AA样车进入小批量生产，取得了很好的成绩。丰田的管理层们相信：模仿比创新更简单，但倘若能在模仿的同时给予改进，那就再好不过了。

于是，丰田开始对美国车进行逆向工序分解，并大量采用雪佛兰、福特的零部件。为了让这些从美国拿来的技术适应日本的市场环境，丰田在模仿的基础上进行了一系列创新。比如，当时日本的汽车市场小一些，而从美国引进的生产线适合大批量生产，为了节省模具，减少机床数量，日本将投资巨大的冲压工序改为手工敲打。这样的模仿式创新持续了很长一段时间，此时的丰田只能说是半个"剽窃物"。

而到了上个世界80年代，戏剧性的一幕发生了。在模仿中发展起来的丰田车已经扬名世界，在技术上也有了许多创新。就算在美国本土市场，美国的汽车公司也败给了日本这个徒弟，日本汽车以优质、廉价、油耗低受到了美国消费者的欢迎。现在，美国老师开始转过头来学习日本汽车公司的特色技术和理念,就这样,模仿创新者成了师父的师父。

在模仿中成长起来的丰田公司,迎来了翻身的时刻。或许在发展最初,丰田模仿了美国的技术,但他们并不仅仅止于模仿。创新,才是丰田制胜的法宝。

如果只是一味地模仿,那丰田就不是现在的丰田了。同样,如果你只是一味地模仿别人,那你就不是你,而是别人的翻版了。遵从你自己的内心,留下属于自己的脚印,你才能活出真正的你。当你成功的那一天你会发现,你对别人的模仿、羡慕是无知的。

从今天起,戒掉模仿的习惯,可以没学历,但不能没有创意。开辟属于自己的路,否则你不会在世界上留下任何的足迹。

6. 让"怀疑"转变为"感叹"

很多时候,那些看起来无法克服的障碍,往往只是虚张声势的假象,真正难以突破的障碍,在我们的心里。只要我们相信自己,那我们就能做到无往而不胜。

我们的周围有很多具有真才实学的人,终其一生却一无所成,原因就在于他们自己不相信自己。试问,一个连自己都不相信自己的人,能做好什么事情呢?还想奢望别人对你有信心吗?

有的人,不管他们想要做什么事情,大脑中充斥着各种可能招致的失败,以及失败后随之而来的耻辱,以至于内心完全被恐慌占据，于是一件本来可以成功的事情也会被他们搞砸。而那些取得成功的人，他们的身上具有极强的成功素质，因为他们相信：

"虽然我不聪明，但我能做成这件事情！"

"虽然我不漂亮，但我偏偏就是要做成那件事情！"

"虽然我没有钱，但是会全力以赴完成这件事情！"

关于这个话题，有一个案例：在美国西部的一个小山村，一个家境贫寒的少年在15岁时，写下了他的毕生愿望："要登上乞力马扎罗山、珠穆朗玛峰和麦金利峰；要到亚马逊河、尼罗河和刚果河探险；探访亚历山大和马可·波罗一世走过的道路；驾驭野马、鸵鸟、骆驼和大象；读完亚里士多德、柏拉图和莎士比亚的著作；主演一部《人猿泰山》那样的电影；驾驶飞行器起飞降落；拥有一项发明专利；谱一部乐曲，写一本书；给非洲的孩子筹集一百万美元捐款……"他洋洋洒洒地一口气写了127个愿望。不要说实现了，就是看一看，也足以让人望而却步了。

家人、朋友都认为这些愿望太不切实际，劝他放弃。可是，少年的全部心思早已被那一生的愿望紧紧地牵引着。就这样，他开始了把梦想变为现实的漫漫征程，一路风霜雨雪，愣是将一个个近乎空想的夙愿，变成了活生生的现实，他一次又一次地品味到了成功的喜悦。44年过去了，他终于实现了其中的106个愿望……

他就是20世纪著名的探险家约翰·戈达德。

当别人惊讶地追问他是凭借什么样的力量，让他把那许多注定的"不可能"都踩在脚下的时候，他自信地说："很简单,我只是让心灵先到达那个地方,然后浑身都充满了一股神奇的力量,接下来只需要沿着心灵的召唤前进就可以了。"

无论做什么事情,我们往往会遇到两堵墙的阻力。一堵是外显的墙,这是来自于整个外部大环境的围墙,是客观存在的困难;另外一堵是内隐的墙,这是来自于我们自我设限的一道围墙,我们如何看待这堵墙决定了它的厚度。虽然两堵墙同时存在,但是我们心里的那堵内隐的墙往往起着决定性的作用。如果我们足够自信,这堵墙的阻力就会变小,甚至是消失;如果我们不自信,那这堵墙的力量就会变得无限大。

很多时候,那些看起来无法克服的障碍,往往只是虚张声势的假象,真正难以突破的障碍,在我们的心里。只要我们相信自己,那我们就能做到无往而不胜。

一个晴朗的上午,有十几个穿戴整齐的人正站在机场上等待跳伞。这时,一个盲人在一只导盲犬的引领下走了过来。

"你也是来跳伞的吗?"有人小心地问道。

"是的!"盲人以洪亮的声音答道。

"啊——"人群中发出了一声轻轻的惊呼。

"你们一定在想我一个盲人跳不了,是吧?"盲人很开朗地大笑道。

"对啊,你怎么跳啊?"看到盲人并不介意,众人七嘴八舌地问了起来。

"没什么难的,我跟你们一样就可以了。"盲人以一副理所当然的口吻答道。

"可是,你怎么知道什么时候开始跳呢?"有人问。

"哈哈,我虽然看不见,但我能听见,开始跳伞的警告广播一响起,我就抱着导盲犬跟你们一起排队往下跳就行了。"

"那你知道什么时候该拉开降落伞吗?"又有人问。

"教练不是讲了吗?从跳下的那一刻开始数,数到'5'时拉开就可以了啊。"

"可落地的时候呢?你怎么知道什么时候落地啊?那可是跳伞最危险的一刻。"还有一人问。

"这不难,当导盲犬吓得乱叫时,同时我手中的绳索变轻时,我就做好标准的落地动作,问题不就都解决了吗?"

大家你看我,我看你,全都哑口无言了。

那天训练结束后,教练对大家说:"在这次训练中,做的最好的是张荣。"

"张荣是谁?"大家不约而同地问。

"他。"教练指了指盲人说。

约翰·戈达德也好,张荣也罢,他们做事的时候有一个共同点,那就是自信,所以他们心里那道墙的阻力才会变得微乎其微。面对"怀疑",他们不畏惧、不退缩,最后回以大家的是"感叹"。

我们的人生,或是我们口中所谓的"残酷的命运",跟我们的不自信有莫大的关系。我们经常看到,有些能力并不突出的人却做得很好,而我们的境况反而不如他们。这时我们会觉得有某种神秘的力量在帮他们,而在自己身上则有一种东西总是在扯我们的后腿。事实上,拖我们后腿的就是一颗自卑的心。

想成功吗?那就给自己的自信筑个巢。别人不相信我们可以,但自己一定要相信自己,让那些"怀疑"的声音闭嘴。

Huozai Dangxia,
Rang Meige Rizi
Dou Kanjian Huanxi

活在当下，让每个日子都看见欢喜

Chapter 5
别让拖延症害了你
——你最想干什么就去干，现在、立刻、马上

1. 拖延症是我们的时代病

拖延症是我们的时代病,没有病重到要住院,也没有轻到无关紧要,轻重刚好,但不容忽视。在这么个"人人都有病"的时代,如果我们想要成功,想要超越他人,就必须克服拖延的坏习惯。

在这个快节奏高压力的现代社会中,我们很多人都发现自己患了拖延症:计划已经做好却迟迟不能进入工作状态;今天的事情非得拖到明天才做。"明日复明日,明日何其多。我生待明日,万事成蹉跎",连古人都明白的道理,我们在过了几百年之后还是没有办法克服。

不只是我们,从大一开始拿遍各种奖学金的学霸,整天窝在宿舍玩网游的问题学生,年纪轻轻就被评上教授的学者,每天加班到很晚的 IT 公司白领,他们之中也有自诩为拖延症的。就连诺贝尔经济学奖得主都会拖延。

若干年前,美国的经济学家乔治·阿克洛夫遇到了一件简单的事情:把一箱衣服从他所居住的印度邮递到美国去。这些衣服是他的一个朋友来看过他之后不小心留下的,所以阿克洛夫急着想将这些衣服送回去。

然而有一个问题:印度的官僚体系以及阿克洛夫自身"在这些事情上的无能"让这件事情变得很麻烦。的确,阿克洛夫估计这将会占用他一天的工作时间。于是他一周又一周地拖延。

就这样，一直持续了八个月的时间，一直到阿克洛夫快要回美国的时候问题才得以解决。因为他的另一个朋友正好也邮寄一些东西到美国，于是他得以将之前的那箱衣服一起捎回去。洲际邮件具有不稳定性，所以当阿克洛夫到达美国的时候那些衣服还没到。

乔治·阿克洛夫在论文《拖延和顺从》里这样写道："八个月里每早醒来我都决定第二天早上去把箱子寄给斯蒂格利兹。"阿克洛夫一直想把衣服邮递出去，但是那一刻迟迟没有到来。这或许会让我们感到一丝安慰，诺贝尔经济学奖的得主都有拖延的时候。

我们的生活中总是充满着一堆没有完成的任务，或大或小，面对这些最终不得不做的事情，我们总是给予忽视的态度，然而一时的闲散并没有减少我们的痛苦。这就是拖延症令人感到困惑的地方：虽然它是在避免令人不开心的任务，但是沉溺于其中却也不会让人感到心情愉悦。

乔治·麦克莱伦的将军的生涯就是一个很好的例子。

在南北战争早期，乔治·麦克莱伦领导了波托马克军队，他是历史上最伟大的拖延者之一。当麦克莱伦接管联邦军的时候，许多人认为他一个军事天才，但他很快因为拖延出了名。1862年的时候，麦克莱伦有一个绝佳的机会跟另外一支军队左右夹击，从罗伯特·李的手中夺取里士满，但他犹豫再三，一再拖延，认定自己被同盟军堵截而失去了机会。

同一年，在安提塔姆会战前后，麦克莱伦再次拖延，致使罗伯特·李从容不迫地撤退而逃过一劫，如果当时麦克莱伦追击，同盟军必被全歼。这使他的领导能力遭到了林肯的质疑，最终把他架空直至完全撤掉。

对此，联邦军总将军亨利·哈列克这样说："有一种超越任何人想象的惰性，只有阿基米德的杠杆才能撬动这个巨大的静止。"

麦克莱伦因为拖延，导致失去战机，为此他付出了惨痛的代价，这是历史给予我们的警示。患有拖延症的人，往往不会去冒失败的风险，更多的是为自己制造各种阻碍使成功变为不可能。长此以往，就会制造出一个恶性循环。

拖延症是我们的时代病，没有病重到要住院，也没有轻到无关紧要，轻重刚好，但不容忽视。在这么个"人人都有病"的时代，如果我们想要成功，想要超越他人，就必须克服拖延的坏习惯。如果我们想要做成、做好一件事，那就马上行动起来，再别找各种各样的理由。行动，才是王道。

2. 不做只想，世界还和原来一样

成功者和普通人一样没有什么特异功能，他们也不是什么天才，但是他们和普通人的唯一区别就是，许多事情他们真正地去行动了，而我们没有。起初，我们只能望其项背，而到最后我们就只能望尘莫及了。

我们经常听到人们各种各样的梦想，每一个梦想听起来是那么美好，但在现实中，我们却很少看到真正坚持不懈、全力以赴去实现梦想的人。大家只是热衷于谈论梦想，把它当作一句口头禅，一种对日复一日、枯燥乏味生活的安慰。许多人带着梦想活了一辈子，却从来没有认真地去尝试实现梦想。

梦妮在高中时代看了一部叫《罗马假日》的电影，之后便梦想着有一天可以到欧洲去旅行。

高三时她想，现在不行，等我考上大学再去。

上了大学，她主修法学，她这才发现，大学的功课并不比高中轻松。她想，等我大学毕业，我一定要去欧洲旅行。

大学毕业后，她找到了一份律师的工作。她慢慢觉得，社会的压力远大于她求学的阶段。每月的房租和生活费一扣，余钱实在少得可怜。于是她想，等我找到一个有钱的老公，应该就可以实现这个梦想。后来，她果然认识了一个有发展前途的男孩，两年后她结婚了。

婚后不久，她发现自己怀孕了，她想，等生了小孩，我一定要去欧洲旅行。

孩子顺利地出生了，她万万没想到，奶粉、尿布和孩子的哭叫声常常折腾得她累得像条狗一样。接着，第二个和第三个孩子也出生了，她发现自己老了很多。她陪着这三个小孩一路走过来，等老大终于考上大学。她想，是我圆梦的时候了。就在她认为时机成熟的时候，她中风了。躺在床上的她，再也不敢想那个欧洲之旅了。

我们的周围充满了像梦妮这样的人，大多数的人都是带着他们的梦想走进了坟墓。到欧洲旅行几乎是每个人的梦想，倘若一定要等时间、金钱或其他各方面的条件都具备了，那么这个梦想实现的可能性就太小了。

你需要的是行动，而不是去等待外在条件的配合。你必须要在一切未晚之前，一步一步地去做，否则只会造成更多的遗憾罢了。

一个行动胜过千百个空想，我们不应该让自己的梦想只是想想。所以当我们有一个哪怕小小的想法的时候，离开那滋生堕落的温床吧，行动起来，只有这样小想法才有可能实现，慢慢的，小想法的积累就会变成大的成就。终有一天，我们会把自己塑造成理想中的自己。

思想与行动如同一对孪生兄弟，有思想又有行动才能成功；如果没有行动，即便思想再华丽，也不可能实现。我们把后者称之为"思想的巨人，行动的矮子"。

古时候，有两个人相约一起去遥远的地方寻找人生的幸福和快乐，一路上餐风饮露，就在快到达目的地的时候，遇到了一条湍急的河流，而对岸就是幸福和快乐的天堂。

对于怎样渡过这条河，两人产生了分歧，一个建议砍伐周围的树木造一条木船渡过河去，另一个则觉得不管什么办法都不可能到达对岸，与其自寻烦恼，干脆等这条河流干了，再轻轻松松地走过去。

建议造船的人每天米伐树木，努力地造船，与此同时还学习游泳；而另一个则每天躺着睡觉，时不时地去河边观察河水干枯了没有。直到有一天，已经造好船的朋友准备过河的时候,另一个朋友还在嘲笑他的无知。

对此,造船的朋友没有感到生气,出发前只对他的朋友说了一句话:"做一件事情不一定会成功,但不付诸行动就一定会失败!"

等河流干枯了再过河,这的确是一个"华丽"的想法,然而,这也仅仅是一个注定不能成功的"华丽"的想法而已。

这条河流最终没能流干,而那位造船的朋友经过一番风浪终于到达了对岸,这两人分别在这条河的两个岸边定居了下来,也都衍生了许多自己的子孙后代。河的一边叫幸福和快乐的天堂,生活着一群勤劳、勇敢的人,而河的另一边叫失败和痛苦的原地,生活着一群懒惰和懦弱的人。

这个故事告诉我们,与其躺着思想,不如站起来行动。我们常说,只要我稍微努力一点的话,我也会成功。是的,成功者和普通人一样没有什么特异功能,他们也不是什么天才,但是他们和普通人的唯一区别就是,许多事情他们真正地去行动了,而我们没有。起初,我们只能望其项背,而到最后我们就只能望尘莫及了。

梦想是行动的前提,行动让梦想变成奇迹,倘若梦想不能通过行动去实践,即便梦想再完美也终归是一个永远都实现不了的童话而已。因此,成功的关键不在于梦想如何完美,而在于马上行动。

所以,当我们有了梦想的时候,赶紧行动起来。自己当自己的唐僧,自己给自己念紧箍咒,时时刻刻督促自己。如果不做只想,世界还是原来的世界,你还是原来的你。

3. 大部分人做不到的大部分事情，都可以归为一个字"懒"

　　明明别人的学历不如我们，职位却比我们高；明明别人的能力不如我们，混得却比我们好。当我们在抱怨这抱怨那的时候，有没有想过为什么会这样？答案就是"懒"。

　　没有谁是天生什么都会的，只要愿意学就能学会，只要想做就能做到。当然了，那些天赋异禀的人也不能排除在外。还记得王安石笔下的方仲永吗？天赋很高，但后天不努力，最后也只能"泯然众人矣"。不是天才的我们更是要"勤"字当先。

　　正如罗曼·罗兰说的那样："懒惰是很奇怪的东西，它使你以为那是安逸，是休息，是福气；但实际上它所给你的是无聊，是倦怠，是消沉。"不要什么都没干，就什么都想放弃。张口就是安享平淡，事实上这都是懒人的说辞。

　　你是否有资格过平淡生活？我们想要的平淡里有舒服的房子，豪华的车子，花不完的票子，漂亮的衣服，美好的食物，还有爱的人。这其中的哪一样不是通过努力得来的？

　　有这样一个寓言故事：在一条路上行驶着两匹马，它们各拉一辆大车。前面的一匹走得十分好，而后面的一匹总是会时不时地停下来。于是人们就将后面那辆马车上的货全部搬到了前面的那辆马车上去。

很快，后面马车上空无一物了，后面那匹马便轻快地前进了，并洋洋得意地对前面那匹马说："你辛苦吧？很累吧？看到没有，你越是拼命，人家越是要折磨你。"

经过车马店的时候，主人心想："既然一匹马就能拉这些货物，那我为什么还要多养一匹马？还不如好好地喂养一匹，将另外一匹宰掉，这样我还能得到一张马皮。"于是，主人真的这样做了。

由此可见，懒惰是要受到惩罚的。一个饱食终日无所事事的人，永远都不可能享受到成功带来的愉悦。倘若你的心中藏着一匹懒马，现在就把它驱逐出去吧，否则它会把你拉进失败的深渊。

我们现在生存的这个社会空间已经变了，那个论资排辈、倚老卖老的年代已经是过去式了。随时都有可能会被一场突如其来的风暴把我们的梦想击得粉碎，再也站立不起来。假如我们不淘汰自己，就会被别人淘汰。所以我们只能比别人更加努力，更加勤奋。倘若你有哪怕一丝的懈怠或者抱有一丝的侥幸，生活就会给你开个不小的玩笑，令你哭笑不得。

梦洁过去一直觉得自己天生五音不全，十分羡慕那些会唱歌的人，觉得他们基因好，天生就有节奏感。在 KTV 里，梦洁都不敢唱歌，即便是唱也是跟着原唱哼唱。丈夫对她说："唱歌是学的。"这句话使梦洁第一次对原本的观念产生了动摇。

是啊，蔡依林、林志颖等歌手都说过自己节奏感不好，他们通过学习变成了那么棒的歌手，自己如果认真学了虽然不会成为大歌星，但也不至于太差吧。

接着，梦洁在网上开始学习一个唱歌的教程，用K歌软件学习唱歌，唱歌时开始注意自己的气息。当然了，学习的过程持续了很长一段时间，一直到前几天，梦洁突然找到了歌曲的节奏。通过回忆学生时期学习的乐理知识，再加上这段时间的学习，她竟然能辨别出歌曲的拍子了。梦洁对此感到非常兴奋，K歌软件给的分数也越来越高。有了自信之后，她觉得其实学唱歌没什么大不了的，天生嗓子不好不要紧，但节奏、气息等还是可以学习的，关键在于愿不愿意花时间去学。

梦洁学习唱歌看似是一件小事，但是她的亲身经历告诉我们了一个道理：大部分人做不到的大部分的事情，都是因为一个"懒"字。

生活中我们经常抱怨，明明别人的学历不如我们，职位却比我们高；明明别人的能力不如我们，混得却比我们好。当我们在抱怨这抱怨那的时候，有没有想过为什么会这样？答案就是"懒"。正因为懒得学习，才没有获得新的知识；正因为懒得努力，才没有达到目标；正因为懒得前行，才只能原地踏步；正因为懒得行动，幻想终究只能是幻想。

以什么样的起点前行，就会有什么样的终点在等着我们。如果我们想让自己的人生变得与众不同，那就克服自己的惰性。在这一点上，除了我们自己没人帮得了我们。

4. 谨慎不是坏事，但在思量中把时间浪费掉就太可惜了

我们身边每天都会围绕着许多的机会。可是我们总是因为过于谨慎而停止了脚步，结果机会就溜走了。不过，我们还活着。从现在起，我们要抓住那些机会，并去创造属于我们的幸福人生。

我们做事时经常把"三思而后行"挂在嘴边，以此来提醒自己做事要谨慎，不可莽撞。谨慎不是坏事，但在思量中把时间浪费掉就太可惜了。

当我们开始做一件事之后，权衡利弊是开始做之前的事情，我们会做这件事情就说明已经权衡好了。事实是在事情有结果之前，我们不知道自己所做的事情是否有意义。因此犹豫、纠结都不能放在事情开始之后，一旦开始就要给自己设定一个期限，一个我们自己能够承受的极限。在接下来的时间里，什么都不要想，把事情坚持到底就对了。

有一个6岁的小男孩，一天在外面玩耍的时候，看到一个鸟巢被大风从树上吹落在地，从里面滚出了一只嗷嗷待哺的小麻雀。小男孩决定把小麻雀带回家喂养。

当他抱着鸟巢走到家门口的时候，他突然想到妈妈禁止他在家里养小动物。于是，男孩轻轻地将小麻雀放在门口，急忙走进屋去劝说妈妈。在他的央求下妈妈终于破例答应了。

小男孩高兴地跑到门口，不料小麻雀已经不见了，他看到鸟巢旁边有一只猫正在意犹未尽地舔着嘴巴。小男孩为此伤心了很长一段时间。但从此他也记住了一个教训：只要是自己认定的事情，就不要优柔寡断。这个小男孩长大以后成就了一番事业，他就是著名华裔——王安博士。1951年创办王安实验室后成为"电脑大王"。1986年成为美国第五大富豪，1986年荣获美国总统自由奖章，1988年荣登美国发明家名人堂。

一个人如果做事总是犹犹豫豫，到最后就会错失一切，同样的机会往往只有一次，如果不能把握住，再去寻它的时候，剩下的只有后悔。

从来没有游过泳的人站在水边，从来没有跳过伞的人站在机舱门口，总是越想越害怕，我们在处于不利境地的时候往往也是如此。治疗恐惧的最佳办法就是行动，果断地去做。一个人即使再聪明，也要有积极的行动。因为过于慎重而不敢尝试任何新的事物，对一个人的成就所造成的伤害，就跟不经任何考虑就执行突发的想法一样严重。

如果遇事总是犹豫不决，踌躇不前，固然可以避免一些犯错误的可能，但更大的可能是会失去成功的机会。

有个人遇到一个神仙，神仙对他说，要有大事发生在他身上了，他将有机会得到一笔可观的财富，在社会上获得很高的地位，并且娶到一位美丽的妻子。这个人终其一生都在等待这个承诺，然而什么事也没发生。他穷困地度过了他的一生，最后孤独地死去了。他死后，又遇到了那个神仙，他对神仙说："你说过要给我财富、社会地位和美丽的妻子，我等了一生，却什么也没有。"

神仙说："是的，我的确承诺过要给你财富、卓越的社会地位和一位美丽的妻子，可是你让这些机会从你身边溜走了。"这个人迷惑了，他说："我不懂你的意思。"神仙说："你记不记得有一次你想到一个好主意，可是你没有付诸行动，因为你怕失败而不敢去尝试吗？"这个人点点头。

神仙继续说："因为你没有去做，这个主意几年以后被另外一个人想到了，那个人果断地去做，他后来成了全国最富有的人。还有一次发生了大地震，城里许多房子都毁了，几千人被困在倒塌的房子里。你本来有机会去救助那些人，可是你怕小偷会趁你不在家时偷东西，你以此为借口，故意忽视那些需要帮助的人，而只是守着自己的家。"这个人听得脸红了。

神仙说："那是你去拯救几百个人的好机会，而那个机会足以让你得到全城人的尊崇。"

"还有，"神仙继续说，"你还记得有一个头发乌黑的美丽姑娘吗？你曾经非常强烈地被她吸引，你从来不曾这么喜欢过一个姑娘，之后也没有再遇见过像她那么好的女子。可是你认为她不可能会喜欢你，更不可能会嫁给你，你因为害怕被拒绝，就让她从你身边溜走了。"这个人又点点头，这次他流下了眼泪。

神仙说："就是这个姑娘，她本该是你的妻子，你们会有几个漂亮的孩子，而且跟她在一起，你的人生将会非常幸福。"

的确，我们身边每天都会围绕着许多的机会。可是我们常常像故事里的那个人一样，总是因为过于谨慎而停止了脚步，结果机会就溜走了。不过，与故事里的那个人相比，我们有一个优势：我们还活着。从现在起，我们要抓住那些机会，并去创造属于我们自己的幸福人生。

不主动的人往往只能捡别人挑剩下的机会。遇事过于谨慎、思前想后是不可取的，因为人生本来就有偶然的成分存在。成功需要果断，失败的人通常很长时间才会做出决定，很快又会改变决定，而且是频繁地改变，以至于失去一次又一次可能会取得成功的机会，或许这就是鲜为人知的失败真谛。

5. 别什么事情都要到期限了才临门一脚

有道是"书到用时方恨少"，平常如果不好好充实自己，就算踢了临门一脚也是踢不好的。

上学的时候，估计我们都听过这句话"临阵磨枪，不快也光"。不能否认，有时候临阵磨枪确实可以起到一定的效果。但是如果把所有的希望都寄托在临阵磨枪上，未免太草率了。

如果我们认真回想就会发现，当初那些临阵磨枪取得好成绩的人，其实是做好了充分的准备的，对他们而言，临门的这一脚只是起到了辅助的作用。做好足够的准备，才是踢好临门一脚的大前提。

有一只狼卧在草上不停地磨牙，狐狸看到了，就对它说："今天天气这么好，大家在休息，放松自己，你也快快加入我们吧！"

狼没有说话，继续磨着牙，把它的牙齿磨得又尖又利。狐狸感到非常奇怪，问："森林里这么安静，猎人跟猎狗都已经回家了，周边也没有狮子、老虎，又没有其他的危险，你为什么那么用劲磨牙呢？"

狼停下来，回答说："我磨牙并不是为了娱乐，你想想，倘若有一天我被猎人或狮子追赶，到那个时候我想磨牙也来不及了。而如果平时我就把牙磨好，当那一天真的到来时我就可以保护自己了。"

我们平时做事的时候，也应该像狼一样，未雨绸缪，居安思危，等真的遇到麻烦的时候，也才不至于手忙脚乱的。有道是"书到用时方恨少"，平常如果不好好充实自己，就算踢了临门一脚也是踢不好的。经常听到有人抱怨自己没有机会，可是当升职机会来临的时候，又会感叹自己平时没有积累足够经验、学习和技能，以至于不能堪当大任，最后只能是追悔莫及。这些其实都是一样的道理。

一定条件下，机会对于每个人来说其实都是均等的。对于准备充分的人而言，机会意味着是成功的扶手和阶梯。

亨利·谢里曼出生在19世纪的德国，幼年时期，他就迷恋上了《荷马史诗》的故事，并下定决心投身于考古研究。他知道进行考古发掘和研究需要许多钱，而他的家境并不好，在现实与理想之间，既然直线走不通，他只好走曲线。于是，从12岁起，谢里曼就开始打工挣钱，他先后做过许多工作，如学徒、售货员、见习水手、银行信差，后来还在俄罗斯开了一间属于他自己的商务办事处。

尽管谢里曼从事商业，面对的都是一些琐碎的、毫无浪漫可言的事情，但他从来没有忘记过自己的梦想，没有忘记过研究古代希腊。利于闲暇时间，他自学了古代希腊语，而通过奔波于各国之间的商务活动，他还学会了许多种欧洲语言，这些都为他以后的成就打下了基础。

经过不断的努力，谢里曼终于在经营俄罗斯的石油公司期间积攒了一大笔资金。当大家认为他会大肆享受一番的时候，他却放弃了从商，把全部金钱与时间都花在追求儿时的梦想上。他始终相信荷马史诗的每句话，认为通过发掘就可以找到《奥德赛》、《伊利亚特》中所列举的所有城市的遗址、荷马史诗中记载的英雄的坟墓甚至是发生战争的地方。

1870年，谢里曼开始在特洛伊挖掘，几年时间不到，他就发掘了九座城市，并最终挖到了古城梯林斯和迈锡尼。

就这样，谢里曼成了发现高度发展的爱琴文明的第一个人，他的发现在世界文明史中具有非常重要的意义，同时也让他取得了作为商人所无法想象的巨大的成就。

后来，人们才真正明白了为什么立志考古的谢里曼要花费那么多时间从事商业，因为考古研究，尤其是发掘需要投入大量的资金，更需要考古者具备衣食无忧的心态。亨利·谢里曼只是在为自己的梦想做准备罢了。

磨刀不误砍柴工。当别人在磨砺自己时，我们却在惰性的作用下机械地工作。在我们只顾埋头前进的时候，我们反思过没有，我们的"斧头"磨好了吗？别什么事情都要到期限了才临门一脚。记住，机会往往只给那些做好准备的人。

6. 你的拖延严重吗？——拖延测试

对很多人来说，拖拉是一种生活方式，虽然并不适应它。他们不能按时付账单，他们忘了买音乐会的门票，他们直到圣诞前一天才去买礼物……

对于现代人而言，拖延症已经不是一个新鲜话题。

为此，有人创作过一首《拖延症之歌》："我知道有工作要干，可我不想理……我有拖延症，整天就坐在这等，等待开始干活的好时辰。"以幽默的旋律和歌词描述了拖延症患者的生活，许多人纷纷表示跟自己太像了！

人物一：刘杰　职业：保险公司文员

我肯定有拖延症，自我感觉还挺严重。我每天上午 9 点按时上班，下午 6 点下班。事实上我工作挺多的，就是老拖着不愿做。每天早上一到单位，先泡一杯茶，然后打开电脑，看看娱乐新闻，然后再跟朋友聊聊 QQ，再刷刷朋友圈，每天都差不多 10 点半以后才会开始手头的工作，每次都是拖拖拉拉到最后一刻才把文件整理出来。

我的工作非常简单，而且我在这家公司待了 4 年了，工作流程都很熟悉，要是集中精力做，现在一天的工作任务差不多半天的时间就能完成。完成之后可以将后面的工作往前提，每一天都会很轻松。但我就是管不住自己，所有的工作非得拖到最后一刻，要不就做不出来，而且最后赶活时非常焦虑，还容易出错。我也知道这样不好，可就是改不了。

人物二：张亚楠　职业：自由撰稿人

我是个自由撰稿人，说白了就是一个码字工，而且是不用坐班的码字工。我的工作就是，杂志社或出版社编辑向我约稿，或者我找编辑要稿写，签好了合同，给我一周或一个月、两个月的时间，把稿子完成。

话说每次刚接稿时我都动力十足，恨不得立刻就开始动笔写，刷刷刷写完，在编辑催之前就交稿！但这完全是个妄想。

每次写的时候，打开电脑，就想着总得先查查资料吧，为了稿子质量考虑嘛，总不能闭门造车吧。这一查麻烦就来了，完全收不住啊！网站、论坛随便一转就是半天，转累了休息会儿，看本小说放松一下。就这样，一天过去了。第二天又看到一部刚上映的电影，反正交稿时间还很长，看完再开始写吧，反正时间还早。然后第三天、第四天……好吧，半个多月就这么过去了，稿子还一个字都没有写呐！开始着急，开始焦虑，寝食难安……赶吧，不然怎样啊？再不交稿就没饭吃啦……每次都是这样，把自己赶得像只鬼一样！我也想改啊，可是改不了。

你是否也像刘杰、张亚楠这样患有拖延症呢？你的拖延症又有多严重呢？

做了下面的测试题再说吧。

测试如下：

（"是"得1分，"否"不得分）

1. 不到最后期限工作完不成。

2. 上班时间在网上瞎逛，即将下班才开始忙工作。

3. 没工作计划，不懂时间管理。

4. 总是"伪加班"，明明白天就能做完的事，非得拖到下班后加班做。

5. 总是认为时间有的是，不着急。

6. 懒散，总想着明天再做。

7. 每次领导询问工作进展的时候，总是回答"让我再看看"。

8. 办公室里零食一大堆，上班时间经常吃零食。

9. 要干活时，脑子里能冒出各种理由：先干其他的，这个待会儿做。

10. 自我麻痹：时间还来得及，大不了熬夜做。

11. 做事不分主次，忙了半天，最重要的事没做。

12. 常常因为时间过于紧迫，草草交差，结果被领导训斥。

13. 厚脸皮，就算催得再紧，也定力十足，习以为常了。

14. 从不主动汇报工作。

15. 团队合作时，同事都面露难色，不想跟你共事。

结果分析：

0～4分：轻度拖延症，要当心了，赶紧找出原因，将拖延扼杀在萌芽中。

5～11分：中度拖延症，它可能已经成为你的一种工作习惯，改变需要时间和耐心。

12～15分：重度拖延症，建议重新进行自我审视，进行新的职业定位，找一份自己感兴趣能发挥特长的工作。

那么，亲爱的，你属于哪一种拖延症呢？

7. 这样做，你可以和拖延症说拜拜

"先放一下，待会儿再行动"，这是拖延者最大的思想毒瘤，但只要勇敢地跨出第一步就是一个成功的开始。如果你想改变现状，想跟拖延症说拜拜，现在就开始行动，一旦你开始了，就无所畏惧。

你是不是经常这样：上周就下决心要洗的衣服，这周已经堆成一座小山了，可人却还在朋友圈里；一本书老早以前就开始看，可半个月过去了，书打开了无数次开头还是那个开头；前年就计划休年假去远游看看大海，可两个年假都休完了，大海却依旧止于想象里。

在一个理想的世界里，我们在做事前会制定出一个完美的计划，然后再漂亮地执行下来。可是在现实生活中，这一切却变得难上加难。纸上谈兵非常简单，每个人都能制定出一个很好的计划，可当真正做的时候，我们脑海里便闪现出各种各样的理由，种种借口让我们把本该今天就完成的任务拖延到了明天。

难道说拖延症真的不可战胜吗？NO！克服拖延，事实上就是和自身懒惰的习性相抗衡，我们要养成马上行动的习惯，才能战胜拖延。

把大目标分解成一个个的小目标。许多人的心里都有一张清晰的目标地图，但由于前面的路太长，无处着手，以至于踌躇不前。所以，为了不让自己在忙碌中失去信心，可以把目标进行分解，通过实现一个又一个的小目标来不断激励自己，把长距离划分成许多个距离段，一一跨越。罗伯·舒乐博士就用这种方法募集资金，建了一座教堂。

1968年的一天，罗伯·舒乐博士想要在加州用玻璃建造一座水晶大教堂。他向著名的建筑设计师菲利普表达了自己的想法："我希望的不是一座普通的教堂，而是一座人间的伊甸园。"

菲利普问舒乐预算多少，舒乐博士告诉他："其实，现在我一分钱都没有，因此对我来说，100万美元和500万美元根本没有区别。最重要的是，这座教堂要有足够的吸引力，吸引捐助者的到来。"

教堂需要的资金预算为700万美元。这远远超出了舒乐博士的承受能力，朋友们都对舒乐博士说"这根本不可能"。

但舒乐博士却想到了一个方法。他在一张纸上写着"700万美元"，然后在这个目标下面写道：

1. 找1笔700万美元的捐款。
2. 找7笔100万美元的捐款。
3. 找14笔50万美元的捐款。

……

9. 找700笔1万美元的捐款。
10. 卖出教堂10000扇窗户的署名权，每扇700美元。

这个化整为零的方法确实很神奇，舒乐博士用了一年多的时间募集到了足够的款项。据说，水晶大教堂最后耗资2000万美元。但是舒乐博士却筹集了足够的资金，这确实是一个奇迹，现在这个大教堂成了加州胜景。

尽可能切断一切干扰源。在我们的生活中有许多干扰源，比如电脑、网络、手机等，当我们想要专注做某件事情时，特别是在做一件很想拖延至明天的事情时，别人的一条信息就足以转移我们的注意力，去做别的事情，以至于很难回到最初的状态。我们要尽可能地排除一切干扰，将所有有可能会打断我们注意力的东西通通切断。这种保持专注的状态非常重要，本来磨磨蹭蹭要两个小时完成的事情，可能不到一个小时就做完了。那么节省的时间我们可以用来彻底地放松。这样不仅完成了任务，还能好好地休息。

给自己设定专注时间。当我们不想做一件事情时，可以给自己设定一个专注时间，比如半个小时，告诉自己在这半个小时内必须专注于眼前的任务，没有任何借口推脱，直到闹铃响起。当半个小时过后，可以休息5分钟，然后设定下一个半个小时。当给自己定下倒计时后，我们的心理上就会有一种急迫感，这会促使我们更加集中注意力完成任务。

单线程操作更高效。虽然我们可以进行多任务操作，比如我们可以一边听音乐一边做饭，一边唱歌一边洗澡。但面对一件急需完成的事情，单线程工作会让我们保度高度的注意力，更快地完成任务。

放弃完美主义。努力将事情做到最好是人的天性，但如果沿着这条思路我们往往会产生反应过度的企图，于是乎就变成了完美主义者。如果我们想把一件事情做得尽善尽美，这需要很多的工作，最终导致迟迟不敢着手去做，于是就导致了推迟延期。对此，我们不妨把起点放低一些。要知道，今天完成的不完美的工作要远远优于无限期拖延的完美的工作。

让拖延症为我们服务。在我们没有战胜拖延之前，我们不妨利用这个坏习惯为我们服务。安易就为此创建了一个拖延任务列表，让拖延为他服务了一把。

我的朋友安易一直都有拖延的坏习惯，为了改掉这个坏习惯，他做了各种努力。他为自己创建了一个拖延任务列表，在这个列表里面，许多都是很有意义而且令人不反感的小事。每当安易实在不想继续做一件事情的时候，他就会打开拖延列表挑一件事情去做。这样，不仅满足了他想要拖延的心理，还做了一些平时没时间做的事情。他的口头禅就是"拖延我也要拖得很帅"，在与拖延战斗的同时，还学习到了其他的东西，对此他非常享受。

"先放一下，待会儿再行动"，这是拖延者最大的思想毒瘤，但只要勇敢地跨出第一步就是一个成功的开始。如果你想改变现状，想跟拖延症说拜拜，现在就开始行动，一旦你开始了，就无所畏惧。战胜拖延症，你的人生就会脱胎换骨。

Huozai Dangxia,
Rang Meige Rizi
Dou Kanjian Huanxi

活在当下，让每个日子都看见欢喜

Chapter 6
人生没有太晚的开始，晚了的只是开始的勇气

1. 不是时间来不及，而是勇气、智慧没跟上

我们的勇气和智慧，再不拿出来晒晒阳光，也许真的要发霉了。或许，所谓的"倒霉"人生，不是命运将我们置身于"霉运"之中，而是我们自己发霉了。

经常听到有人这样感叹："我已经 30 岁了，还谈什么梦想？"甚至有一些人，不过是三十几岁，常常感叹自己老了。问问自己，自己真的老了吗？真的来不及去实现自己的人生梦想了吗？

其实，我们真正缺少的不是时间，而是追求梦想的勇气和智慧。一代枭雄曹操有诗云："老骥伏枥，志在千里；烈士暮年，壮心不已。"真正的千里马，即使年老力衰，也依然心怀驰骋千里的雄心壮志。30 岁正当年少，何以言老？就算是四十岁、五十岁，哪怕六十岁、七十岁，也依然有权利选择开启梦想的征程。

"真不敢相信，如此遒劲有力的笔法竟是出自一名年老的女民警之手！"在首届全国女警官书画作品展上，美术类唯一的一等奖作品、国画《乾坤一曲颂和谐》引起了参观者的热议。参观者纷纷感叹："真不敢相信，这么宏大的山水画竟然是一个女民警独自完成的！"

这个女民警就是孟凡馨，1963 年生人，供职于辽宁省本

溪市公安局。孟凡馨的人生格言就是：追求梦想，永远也不晚。

孟凡馨正式开始学习画画是在 2003 年，那一年她 40 岁。一开始，这条路并不好走，她虽然渴望绘画，但对绘画了解甚少，完全不知道怎么开始学，跟谁学。当年，她在本溪市找了很多地方去学绘画，但都不合适，最后机缘巧合认识了她现在的老师、著名山水画家杜世斌，从此开始接受系统性的学习。功夫不负有心人，孟凡馨的作品《航道警标》获得公安部"卫士之光"书法美术摄影展美术类二等奖。

取得了成绩，追求梦想的心就变得更加坚定。就是在这一年，孟凡馨决定继续深造。她向局里提出到清华大学美术学院李铁生教授的山水画创作工作室学习一年，而为了不影响支队整体工作的运转，孟凡馨还辞去了监察室主任的领导职务，学成归来后，甘愿从一名普通民警做起。从 2011 年 9 月到 2012 年 6 月，在李铁生教授工作室里的这一年，孟凡馨学得尤为刻苦。而这也使得她在绘画上的笔墨技法上升到了一个新的境界。

正所谓"台上一分钟，台下十年功"，从 2003 年至今，孟凡馨用十几载光阴证明了 40 岁的女人也可以重新上路，去追求曾经被遗落的梦想。不得不说，她是我们的榜样。那么我们还等什么呢，从现在开始，让我们每天早晨醒来告诉自己，一切都还来得及，我们需要的就是去做两件事，一件叫开始，另一件叫坚持。

再来看看昔日红塔集团掌门人褚时健"古稀之年"创业

的故事吧：

褚时健原本是玉溪卷烟厂的厂长，1979年，他51岁，接手这家工厂，这时工厂已经濒临倒闭，但他没有坐等退休，而是开始了一系列的大改革。在他的管理下，玉溪卷烟厂扭亏为盈，效益蒸蒸日上，到90年代，已经成为国内外响当当的"烟草帝国"。但是由于某种原因，褚时健被举报入狱。2002年，正是褚时健因严重的糖尿病被保外就医的一年，都说"七十古来稀"，但就是在这样一个垂暮之年，身患疾病的褚时健，没有选择安静地等待生命的消亡，而是大手笔开启了人生第二次创业。

74岁的褚时健，承包了一片2400亩的荒山，种起了橙子。10年之后，他收获的是2400亩共计拥有35万株冰糖橙树的现代农业示范基地。固定资产8000万元，年利润3000万元。这一年，褚时健84岁，人生中第二次成为亿万富翁。

2012年11月，褚时健种植的"褚橙"通过电商开始售卖，褚时健这三个字再次在全国范围内掀起一阵热潮，褚时健本人俨然成了最具感召力的励志偶像。

74岁的褚时健，一个身患疾病的古稀老人都敢于开启人生新篇章，跟他相比，我们实在是太"来得及"了，不是吗？

不过，跟褚时健相比，我们的勇气和智慧呢？再不拿出来晒晒阳光，也许真的要发霉了。或许，所谓的"倒霉"人生，不是命运将我们置身于"霉运"之中，而是我们自己发霉了。

其实，每个人的人生路都不可能是一帆风顺的，追求梦想的道路上更是困难重重，也正是因此，才更需要我们拿出全部的勇气和智慧。你不去试试，永远也不知道自己到底有多勇敢；你不去试试，到死也不知道自己到底有多智慧。

2. 你是收获还是空白，差别只在于是否开始

人生可以随时开始，没有年龄的限制，更没有性别的区分。哪怕你现在已经80多岁，或者你的生命只剩下最后24小时，只要你有足够的决心和信心，你依然可以开始，你的梦想依然可以实现。

每个人来到这个世上，都想干一番事业，毕竟人生不足百年，谁甘心让生命像流水一样空空流过呢？然而举目四望，大街上到处都是彷徨的人，每天过着重复的日子，一无所获。整日羡慕着电视、报刊、网络上名人的成功，看着别人如此丰收，不禁自惭形秽，哀叹自己的一生白活了。

毫无疑问，这是一种人生的悲剧，每一个人都不希望悲剧在自己身上重演，都渴望自己的"一亩三分地"春华秋实。那么，收获和空白之间的区别在哪里呢？很简单，那就是你是否开始。诚然，幻想改变不了你的命运，羡慕嫉妒恨也同样不能，不仅如此，而且还会导致你的世界观变得扭曲。最有效的灵丹妙药并不神秘，开始去做，你的人生才能够有

收获。

难道开始很难吗?其实很简单,我们认为很难的事情并不是那样牢不可破。其实一切就在于你的决心和行动。

我曾听过这样一个故事:

从前,四川边境有两个和尚,其中一个贫穷,一个富裕。穷和尚对富和尚说:"我想到南海去,你看怎么样?"富和尚说:"您凭着什么去呢?"穷和尚说:"我只需要一个盛水的水瓶和一个盛饭的饭碗就足够了。"富和尚说:"拉倒吧!几年来我想雇船沿长江下游去南海,尚且没有成功。你凭什么成功?"

等到第二年,穷和尚从南海回来了。他把南海的风土人情告诉富和尚。富和尚的脸上不禁露出惭愧的神情。

富和尚看似很富,其实很穷,由于他不曾开始,导致对人生的阅历十分贫乏;而穷和尚看似很穷,其实很富有,他收获了丰富的人生阅历。其实我们的人生何尝不是如此?那些敢于开始的人总能跨越千山万水,最终拥有自己想要的东西,而那些总是在想象中把自己吓倒的人,只能坐以待毙,在昏昏沉沉中看着美好时光不断流逝却无可奈何。

我们终要明白,如果猎人总是坐在家里不肯出山,那么不可能有兔子主动跳到他的饭锅里。只要猎人坚持每天进山打猎,即使一天两天打不到兔子,但终有一天他会满载而归。这是世间最简单而又最深刻的生存哲学,可惜很多坐等家中的人直到饿死还不明白。

每每说到"开始"这两个字,很多人不屑一顾。有些人甚至理直气壮地说:"开始,是那些刚出生的娃娃才有资本做的事儿。一个婴儿刚来到世上,他们的生命是崭新的,他们有时间有资格开始自己的美好人生。而我已经是年过半百之人,黄土早已埋到了脖子,开始做事情的年龄早已一去不复返了。"果真如此吗?下面让我们看一个故事:

有一个部落首领去世了,其儿子不得不承担领导部落的任务。但他整日花天酒地、游手好闲,部落的势力一日日衰落。

在一次与仇家的战役中,他被仇家所在部落的首领擒获。这个部落的首领决定第二天将他斩首,但是可以给他一天的自由活动时间,活动的地点限定在了一个指定的草原上。

当他走在茫茫草原上,感觉这个世界都抛弃了自己。他开始回忆自己过去奢侈浪费、挥霍无度的日子。看看辛勤劳作的牧民,再想想那些英勇杀敌的士兵,他对自己曾经的行为追悔莫及。他甚至想,如果再给我一次机会,我绝不会活成现在的样子。于是,他决定用生命中最后的24小时,来弥补自己曾经的过失。

在草原上,他看到贫穷而可怜的牧民,便把头上的珍珠摘下来送给他们;看到一只羊因脱离了羊群而东张西望,他便把羊带入羊群;看到一个刚会走路的孩子不小心摔倒了,然后主动把孩子扶起;看到一个士兵穿着单薄的衣服在寒冷中站岗,他把自己的大衣送给士兵。在最后一天里,他做了以前从未做过的事情,他认为可以满足地结束自己的生命了。

第二天,当他被带往刑场,他淡定地闭着双眼,等待刽子手了结自己的生命。然而,他等了良久,却没有等到刽子手的刀落在头上。他好奇地睁开眼,却发现那个决定杀他的首领正站在他面前微笑,手中还端着一碗酒。

首领对他说:"你昨天一天的所作所为感动了不少人,也感动了我,让我重新认识了你。今天,我要敬你一碗酒,冰释前嫌,然后我们两个部落和平相处,互不侵犯。"

就这样,部落首领的儿子因为自己最后一天的行为,换回了自己的生命。从此之后,他不再追求纸醉金迷,而是开始勤政爱民,把整个部落治理得越来越好。两个部落之间也不再发生战争,而是关系融洽地生活在草原上。

这个故事令我们明白,人生可以随时开始,没有年龄的限制,更没有性别的区分。哪怕你现在已经80多岁,或者你的生命只剩下最后24小时,只要你有足够的决心和信心,你依然可以开始,你的梦想依然可以实现。

在生命之旅中,正是因为我们努力做好了人生中一个又一个的开始,我们的生命才能够从幼小走向成熟,我们的智慧才足以从匮乏变得丰富,我们的人生经历才足以从单薄变得丰满,我们的事业才足以从一无所有到令人羡慕。人生的每一次收获,生命中的每一次成长与蜕变,无不归功于我们的开始与行动。

其实,成功者与失败者之间,伟大者与渺小者之间,他们的差别并不多,唯一不同的地方就是,那些早已为梦想开始行动的人,他们最终收获了成功,而那些迟迟不敢行动或懒于行动的人，他们人生所收获的只是等待的空白，以及蹉跎岁月之后而留下的悔恨与叹息。

3. 不要惧怕未知的明天

追逐梦想的过程，注定是一个充满未知的过程，这是无法改变的事实，既然如此，与其在害怕中等待明天，不如鼓足信心挑战明天。

人生注定是一个充满未知的过程，明天等待我们的可能是风和日丽，也可能是暴风骤雨。毫无疑问，在追求梦想的道路上，虽然无法知道前方等待我们的是什么，但在那未知之中蕴藏着的可能是危险，也可能是机遇，你不去怎么知道呢？我们能做的不是害怕、退缩，而是带上勇气和智慧，迎接它、挑战它。

在航天领域，新机试飞员是一个充满危险的职业，因为每一次试飞面对的都是完全的未知。航空界有这样一组数据：一架新机从首飞到定型，试飞中平均17分钟就出现一个故障。要知道，每一个小小的故障可能都是通往死亡的道路。但即便如此，一代又一代的试飞员仍然在用生命探索未知，追逐梦想。

梁万俊，空军特级试飞员，感动中国人物之一。一天，梁万俊驾驶"枭龙"战机执行试飞任务，又一次探索未知的惊险之旅开始了。梁万俊驾驶战机爬升到12000米高空时，突然发现飞机漏油，4分钟后，油箱内的油全部漏完。此时飞机的高度已从12000米降至4800米，距离机场20公里。

"怎么办？空中迫降？"梁万俊深知，在这种情况下，哪怕是十万分之一的疏忽都会造成严重的后果。按规定，遇到这种特大险情，飞行员完全可以选择跳伞求生，但科研新机关系着我国在国际航空界的声誉，关系着无数科研人员的心血。梁万俊想："一定要保住科研数据！"他很快就做出决定——高空远距迫降！

在机场指挥员的引导下，梁万俊精准地修正着飞机的飞行高度和速度，平稳地穿过云层，向机场的方向飞来。

1分钟后，梁万俊驾驶的飞机出现在机场上空。谁都清楚，降落机会只有一次。

13时43分，随着一声"准备降落"，所有的人都屏住了呼吸。梁万俊操纵飞机对正跑道，风驰电掣般扑向跑道，以超出常规70公里的速度落地。刹车！放伞！巨大的轰鸣声中，轮胎刹爆，飞机拖出两道长长的轮印。最终，飞机在距离跑道尽头300米处稳稳停住！

梁万俊创造了一个奇迹，这是一个世界飞行史上的奇迹。事后有人问梁万俊："为何选择迫降，而不是跳伞逃生呢？"梁万俊说："人在最关键的时候，要保住最重要的东西！"

生命只有一次，谁都会珍惜，飞机试飞员也是一样，但既然选择了这样一条探索未知的道路，肩上承担的就是一个国家、一个时代的使命。害怕未知、害怕风险的人做不了试飞员，试飞员的心中装载的是满满的勇气和沉甸甸的责任。

我们每个人，都有自己的梦想。追逐梦想的过程，注定是一个充满未知的过程，这是无法改变的事实，既然如此，与其在害怕中等待明天，不如鼓足信心挑战明天。

21岁的杨颢和张雨佳大学毕业，没有选择做城市白领，而是种起了草莓。对于这样的选择，杨颢说："大学毕业后，我们也找了很多工作，但本专业的工作竞争太大，而其他行业的工作待遇和专业都不合适，我们想靠自己实干拼出一番事业。"

两人租下西永附近的一块荒地，东拼西凑一共借了30多万元，开始了梦想之旅。

6万多株草莓育苗从浙江空运过来，草莓性喜凉爽，不耐高温干旱，当时正赶上降雨，于是赶紧雇人栽种了育苗。但令人始料不及的是，这一次降雨过后是连续的晴天，一万株草莓育苗死掉了。每株草莓育苗的成本在两元左右，死了近一万株，相当于损失了两万元。

但这样的困难没有吓倒两个年轻人，他们依然对创业的梦想充满信心和向往。付出总有回报，如今他们的草莓大棚内已经是果实累累了。

害怕是懦弱者的代名词，勇敢是梦想者的护身符。害怕明天、畏缩不前的人，最终将丢掉明天，只有那些勇敢去挑战明天的人，才能最终实现梦想，收获精彩人生。

罗斯福说："我们恐惧的只是恐惧本身。"的确，我们习惯了惧怕未知，可是我们到底在惧怕些什么呢？说到底，人最大的敌人始终都是自己。失败并不可怕，这世界上除了心理上的失败,其实并不存在真正意义上的失败,每一次失败都是通往成功的垫脚石。

4. 敢想不敢干,人生会腐烂

10多年前,当初只是怀揣着几千块钱进入股市的股民,几年后成了百万富翁;当时拿着几百块钱去摆地摊的"倒爷",几年后成了商界精英。说起这些,总有一些人很不服气,说"当初要我也去干,一定比他们做得好",可问题在于,你当初为什么没去做呢?

对于现在很多年轻人的现状,马云曾说过这样一句话:"晚上想想千条路,早上起来走原路。"诚然,不是每个敢于为梦想出发的人都能够收获最后的圆满,但是,如果一味地敢想不敢干,再好的青春也会逝去,再好的人生也会腐烂。

做人,要敢想,更要敢干。一个永远只是"想想"的人,说到底就是一个懦夫,一个没有勇气为自己的梦想去挑战的人,这样的人不配拥有精彩的人生。

希望下面这个创业者的故事给我们带来人生能量。

1987年,18岁的夏华从小镇考上了中国政法大学,4年后成功留校任教,成了家人的骄傲。但就在留校任教仅仅一年后,也就是1992年,夏华决定辞掉这太阳底下最令人尊敬的职业,去站柜台当一名售货员。

事情缘起于一次在福建的调研。在这次调研中,夏华发现服装是一个极具潜力的行业，特别是男装领域，存在着极大的空白。调研回来，她即刻动笔，就写下了辞职书。当时领导还劝她说，条条大路通罗马，可是夏华说："飞机一定比汽车快。"就这样，夏华义无反顾地结束了在中国政法大学的安稳人生。

她打电话给远在东北的父亲："爸，我辞职了。"父亲的第一反应是："你犯错误了？"在得知夏华是要辞职去做售货员的时候，父亲急了，说："早知道要站柜台，当初上什么大学！"面对父亲的责骂，夏华清楚地知道，站柜台是过程，创业才是目的。

真正的艰难才刚刚开始。她去西单半日商场应聘售货员，老板一脸疑惑地说："还戴副眼镜，会卖服装吗？我们这儿都是大姐，男同志来了敢拉敢拽的，你行吗？"夏华说："我懂得很多纺织面料的专业知识，可以靠这个给顾客推销衣服，我一定行的！"就这样，夏华开始了自己的售货员之路。

每天早晨，夏华都会提着蓝色小旅行箱，准时出现在西单半日商场。她看上去总是神采奕奕、斗志昂扬。可是没有人知道，这个小姑娘昨晚是在火车站大厅度过的，妆容是在火车站的公共洗手间完成的。恐怕也绝没有人会想到，她上个星期还是中国政法大学的教师。

无论多么艰难，夏华都一路挺过来了。从销售额连日增长到承包下店铺，再到注册自己的公司，最终收获了一个精彩的人生。如今，夏华创立的依文男装，是国内响当当的男装品牌。柳传志、马云、李连杰等一线大腕都是她的客户。

就连2008年奥运会、国庆60周年等诸多重大盛事的服装设计工作,也都是依文集团完成的。

有人这样评价夏华,说她"粗放得不像个女人"。其实,仅仅是粗放那么简单吗?很显然,粗放的背后是魄力,夏华身上的这种魄力,不要说是女人,就连很多男人都无法相比。人生怎么能没有魄力呢?既然选择了远方,便只顾风雨兼程。既然决定为自己的梦想奋斗,就要勇敢迈出挑战未来的脚步。

追梦的道路上,"想想"总是容易,"做起来"却太难。有多少心怀梦想的人,日日憧憬,却最后把梦想带进了坟墓。

想想10多年前,当初只是怀揣着几千块钱进入股市的股民,几年后成了百万富翁;当时拿着几百块钱去摆地摊的"倒爷",几年后成了商界精英。说起这些,总有一些人很不服气,说"当初要我也去干,一定比他们做得好",可问题在于,你当初为什么没去做呢?这不是能力问题,是胆识问题,是行动力的问题。

发明家爱迪生曾说:"当一个人年轻时,谁没有空想过?谁没有幻想过?想入非非是青春的标志。但是,我的青年朋友们,请记住,人总归是要长大的。天地如此广阔,世界如此美好,等待你们的不仅仅是需要一对幻想的翅膀,更需要一双脚踏实地的脚!"毋庸置疑,爱迪生一生发明无数,绝不是空想出来的,而是在一次又一次的行动中创造的。

梦想就在前方,人生尚在盛年,此时不搏,更待何时?

5. 孤独，是每个梦想必须经历的体验

孤独，是每一个追梦者在追梦道路上的必然体验。孤独并不可耻，相反，孤独是追梦者的荣耀——我孤独，我出众，我成功。

孤独，很可怕吗？你若害怕孤独，只能表明你的内心还不够强大。我们活在这个世界上，不可能没有孤独感，即使身边有热闹的陪伴，心灵也可能是孤独的。从"孤独"的字面含义来解释，"孤"是王者，"独"是独一无二。所以，孤独一词的含义也可以理解为独一无二的王者。这意味着越是优秀的人，越可能要承受孤独。

关于孤独，德国哲学家尼采有过精彩的论述。尼采说："没有任何两个人的生命体验是完全相同的，每个人的生命体验都是独一无二的，这注定了人活着必然要承受孤独。"不过，一般人的孤独最多也就是寂寞，谈不上深刻。尼采曾经这样无情地斥责他的妹妹："孤独？你也配？只有天才和疯子才能享有孤独。"

可见，人人都有机会体验寂寞的滋味，却不是谁都能感受孤独。孤独和伟大是一对孪生姐妹，只有那些走在梦想道路上的人才能真正体会。我们对马云都很熟悉，深谙他梦想的远大，但我们不知道的是他的孤独。

马云在创业初期，请了24个朋友到家里，说要做互联网，

结果23个人反对，一个人说可以试试看，不行就赶紧撤回来。那个时候的马云，孤独吗？他当然孤独，但那是一个心怀坚定梦想者的孤独，所以他说"就算24个人都反对也要干"。

曾经，阿里巴巴集团旗下B2B公司受到欺诈丑闻的影响。几乎是在同时，美国公开指责阿里巴巴旗下淘宝网卖假售假。为了打假，马云选择了提高淘宝开店的保证金，但此举却遭遇了很多淘宝卖家的反对。一些卖家来到位于马云家乡杭州的阿里巴巴总部门前，表达他们的抗议。马云说，他当时真的很孤独，他真的是想做创业者的拥护者，但是没有人相信他。

有国外媒体发表文章称，"马云是中国最孤独的创业者"。马云自己也说了，"创业路上你要学会承受孤独，左手温暖右手"。

在人生的道路上，每个人前行的脚步不同，视野也不同，而那些有着先见之明又奔跑在最前方的人，注定要与孤独相伴。

美国伟大的作家马克·吐温这样说："一个新的想法，在没有成功之前，总是被人称为异想天开。"事实上，一些有着远大梦想的人，他们的想法往往是超前地反映出人们内心的渴望或者事物的本质，这在一般人看来往往是难以理解的。因此，从这个意义上说，有着远大梦想的人难免孤独，也必然孤独。

来看看伟大画家梵高的孤独：

1853年3月30日，梵高生于荷兰北部曾德特镇上的一个家庭，也许是出于天性，梵高从小性格就很孤僻，整个人看上去总是一副木讷、腼腆的样子。18岁那一年，梵高立志成为一名伟大的画家。可是，除了弟弟，家人对此并不赞同。但即使如此，梵高抑制不住自己心中对绘画的冲动，毅然坚决地走上了绘画的道路。

1888年2月，梵高离开城市，独自一人来到法国南部的田野，他立刻被阳光下这一望无际的田野震撼了，那色彩实在太绚丽了，以至于梵高流着泪开始狂奔，用生命追逐大自然绚丽的颜色。从这以后，每天清晨，梵高就会背上画布和颜料来到这片田野，他眼睛里放射着光芒，从不与他见到的任何人打招呼。那个时候，田野里的人一见到梵高来了，便说："这个疯子又来了！"

没有人知道，这个被称作疯子的人，竟然是人类历史上最伟大的画家之一。伟大的画作《向日葵》，就是诞生在这片田野上。然而事实是，在梵高的有生之年，几乎没有卖出一幅作品。这导致梵高终其一生都认为自己是一个失败者，而不是一个天才。

终于，在1890年7月的一天，37岁的梵高悄然走向一片麦田，从衣袋里掏出一把左轮手枪，结束了自己的生命。

梵高为什么选择自杀？是因为他无法继续忍受孤独，那是一种比死亡更让人感到痛苦的孤独。没错，梵高已经忍受了太多的孤独，但他不是超人，他的忍受力也是有限的。

梵高是孤独的，归根结底，这份孤独来源于他超出常人的才华和成就。其实，孤独，是每一个追梦者在追梦道路上的必然体验。孤独并不可耻，相反，孤独是追梦者的荣耀——我孤独，我出众，我成功。

在人生的道路上，孤独也是一种修行，我们在孤独中行走，在孤独中思考，也在孤独中发现自己和提升自己。从孤独深处走来的人，一定是看过别样风景的人，一定是内心足够强大的人。

6. 越是大才能的人通常越晚成功

越是有大才能的人，往往成功得越晚，也许这就是命运对他们的考验，只有经得起考验的人，才能得到那个绝佳的机会，并借此大展才华、一鸣惊人。

有些人，年纪轻轻就大有成就，人们喜欢称他们为天才。比如我国历史上有"诗鬼"之称的李贺，六七岁的年纪便能吟诗作对。但另外一些人，正好相反。最典型的当属姜尚了。

姜尚，商朝末年人。年少时候，虽然家境贫寒，但他却一直胸怀大志，他勤奋学习，经常研究治国之道，以图有朝一日大展谋略。但遗憾的是，姜尚这位"千里马"等待"伯乐"，一直等到了垂暮之年。

中国有句古话叫"太公八十遇文王"，太公说的就是姜尚，文王说的就是周文王。"八十岁"的说法可能有些夸张，不过，姜尚在平庸中度过大半生，在暮年一飞冲天是绝对真实的。姜尚被周文王发现并重用以后，可谓是立下了赫赫战功,成为历史上的传奇人物。

如姜尚这样的人,我们叫作"大器晚成"。《孟子》有曰:"天将降大任于斯人也,必先苦其心志,劳其筋骨,饿其体肤……"越是有大才能的人,往往成功得越晚,也许这就是命运对他们的考验,只有经得起考验的人,才能得到那个绝佳的机会,并借此大展才华、一鸣惊人。

歌手杨洪基,也是一个典型的大器晚成之人。

1941年,杨洪基在大连出生,从小就很喜欢音乐,据说,当初他的母亲坚持让他学医,但他就是不肯。1959年,杨洪基考入大连歌舞团,1962年考入中国人民解放军总政歌剧团。在这期间,也得到了很多知名艺术家的指导,打下了坚实的理论基础。不过,成功之神好像并不眷顾他,四十多岁的时候,依旧没有什么名声。

直到1994年,电视剧《三国演义》的剧组找他去试唱主题曲《滚滚长江东逝水》。据他讲述,当年他第一次去剧组试唱的时候,试唱的歌手挤满了屋子,等到第二次再去的时候,就只剩下了他和刘欢。而最终,他被剧组确定为最佳人选。

随着一首《滚滚长江东逝水》唱响,杨洪基那豪迈的声音,仿佛一下子把人们都带回到了《三国演义》的战场之上,征服了全国上下无数的观众。这一年,杨洪基52岁,一下子就红遍了大江南北。

古今中外,大器晚成的人绝非少数。明朝时期著名的小说家吴承恩,写《西游记》时,他已经50岁了。当时也只是写下了《西游记》的前十几回,直到晚年辞官回到故里后,才最终完成了《西游记》的全部创作。现代的就更多了，宗庆后创办娃哈哈时已经42岁，已然是人到中年。当然，也有一些很有才能的人，因为得不到社会的认可，他们没有等到成功的那一天。

1981年，美国普利策小说奖颁给了《笨蛋联盟》的作者约翰·肯尼迪·图尔。得到这一消息，图尔的母亲再也控制不住自己，失声痛哭。

这位母亲讲述说，12年前，图尔耗尽心血写成了首部长篇小说《笨蛋联盟》。他的儿子对这部作品非常满意，迫不及待地去找出版商商讨出版事宜，但是，却出人意料地遭到一次又一次的拒绝。最终，图尔失望至极，留下一纸遗言："我对作品和人生都彻底绝望了，像我这样再没希望的人，唯有用死来解脱！"便用一颗子弹结束了年仅32岁的生命。

面对儿子自杀的噩耗，这位母亲悲痛至极，但心有不甘，她拿起儿子的书稿，去敲响了一个又一个出版社的大门。终于，在图尔去世10年后，他的作品引起了著名小说家沃西·珀西的关注，并把它推荐给一家出版社。《笨蛋联盟》一经出版，即大获成功。

有句话叫"成功不怕十年晚"。图尔因为别人对自己的不认可，对自己的才华产生怀疑，最终绝望自杀，没能看到自己作品的大卖，当真是令人遗憾。

其实，自己的才华自己最清楚，纵然得不到别人的赏识和认可，也要坚持不懈地努力下去，那个梦想成真的机会也许就在下一个明天。

7. 你心里想做什么，就大胆地去做吧

在这个激烈竞争的年代，尽力而为远远不够，只有那些大胆去做，并且能够全力以赴的人才能成为人生的大赢家。

每个人心里都藏着梦想，但是，不管你心里设想得多么美好，设计得多么周全，只要没有付诸行动，一切都是徒劳。成功属于大胆去做的人，所以，你心里想做什么，就大胆地去做吧。马云够大胆，在全国人民还不知道互联网是什么东西的时候，他毅然坚定地选择了互联网，甚至被别人当作骗子，而今天，他是最杰出的企业家，也是全中国青年人的偶像。

相反，做事犹豫不决，梦想终归是灰飞烟灭。

有一个青年，大学毕业后决心要大干一场。有人建议他炒股票，他说这主意不错，于是满怀信心地去开户，可是刚到那里，他又犹豫了，心想："炒股有风险啊，等等再说吧！"又有朋友建议他兼职讲课，他觉得也不错，很快就报名并通过了面试，可是真到了要上课的时候了，他又犹豫了："讲一堂课才50块钱，没有什么意思。"

一转眼，3年过去了，他一直认为自己是很有才华的人，必定能成就一番大事，可是现在还是一无所有。再看看那些一起毕业的同学，有人升了主管，有人生意做得风生水起。他困惑了。

有一天，这位"犹豫先生"到郊外散心，路过一片苹果园，望见的都是长势喜人的苹果树。不禁感叹："上帝赐予了这个主人一块多么肥沃的土地啊！"没想到，这句话正巧被这片果园的主人听到了，主人说："你还是来看看我这个主人是怎样在这里耕耘的吧！"

毋庸置疑，再肥沃的土地，若没有人耕耘，也不能结出丰硕的果实。同样，一个人无论有多大的才华，他不去实践，又怎么能收获人生的成功呢？其实，人不仅要大胆去想，还要全力以赴地去做。尽力而为和全力以赴之间不是一步之遥，而是隔着一座山。下面这个小故事，很简单，但却一语点醒梦中人。

一天，有个猎人带着猎狗去打猎。猎人一枪就击中了一只兔子的后腿，受伤之后的兔子开始拼命奔跑，猎人也指示自己的猎狗去追赶兔子。可是不一会儿，猎狗回来了，却不见受伤的兔子。猎人对着猎狗一顿臭骂："你连一只受伤的兔子都追不上，要你何用！"猎狗听了很不服气，说道："我真的尽力而为了！"

话说兔子呢，拖着一条受伤的腿回到洞里后，其他的兔子们都围上来，惊讶地问："那只猎狗很凶呀！你又带了伤，怎么跑得过它的？"

兔子说："它只是尽力而为，我可是全力以赴！它追不到我，最多是被臭骂一顿，而我呢，如果不全力以赴就没命了。"

从这个故事出发，反观我们人的能力，其实必然还有着无尽的开发空间。很多时候我们做得不够好，不是我们没有能力，而是一个"尽力而为"阻止了我们潜力的发挥。特别是在这个激烈竞争的年代，尽力而为远远不够，只有那些大胆去做，并且能够全力以赴的人才能成为人生的大赢家。

杭州有一个赵奶奶，到 2015 年已经整整 100 岁高龄，可是就在这一年，她仅仅用了 10 天时间就考下了"扫盲证"，要知道，她可是一辈子没上过学的。100 岁的老人尚且有这样的行动力，你还在等待什么？拿出你的胆量，放手去做吧。

一个人在实现梦想的道路上，需要智慧，但智慧再多，也需要胆量的帮助，胆量是桥梁，让梦想从心间走向那一端的现实。没有胆量，没有行动，梦想永远和现实隔着一座难以逾越的大山。

Huozai Dangxia,
Rang Meige Rizi
Dou Kanjian Huanxi

活在当下,让每个日子都看见欢喜

Chapter 7
只要有梦想,何时开始都不晚

1. 梦想是最好的信仰

　　一个梦想,足以改变一个人的一生。梦想再大也不嫌大,追梦的人再小也不嫌小。梦想就像一颗种子,只要在内心里种下,总有一天它会长成参天大树,成为你一生的幸福之所。

　　人生一世,谁没有梦想?只是有的人早早就放弃了梦想,而有的人,无论经历多少艰难险阻,依然坚守着那最宝贵的追梦之心。都说这是一个没有信仰的年代,我们真的没有信仰吗?不,我们有梦想,正如一首歌里所唱:"逆风也要飞翔,梦想就是人生最好的信仰。"

　　没错,梦想就是最好的信仰,为梦想执着奋斗的我们,都是有信仰的人。梦想让我们的人生找到方向,梦想让我们的心灵充满力量。

　　在下面的这个故事里,你将看到梦想之于人生的神奇。

　　史密斯6岁,在威灵顿读小学一年级。有一天,老师让同学们各自说出一个梦想,同学们都非常踊跃,尤其是史密斯,他一口气说出两个:一个是拥有自己的一头小母牛,另一个是去埃及旅行一次。可是,当老师问到一个叫杰米的男孩时,他说自己没有梦想。最后,在老师的建议下,杰米用3美分向拥有两个梦想的史密斯买了一个,就是去埃及旅游。

40年过去了，史密斯已经人到中年。在感恩节前夕，他和妻子很想去埃及旅游，于是史密斯决定向杰米赎回那个梦想，因为他觉得只有那样，才能坦然地踏上那片土地。可是结果大出所料，当年3美分的梦想已价值3000万美元。

　　这是怎么回事呢？答案要从当年那个买走梦想的小男孩杰米那里说起。

　　当年的小杰米是一个穷孩子，穷到不敢拥有自己的梦想，但正是因为用3美分从史密斯那里购买了这个梦想，他的心复活了，他也获得了追逐梦想的信念。他说，他之后学习大有进步，并最终成功考取华盛顿大学，完全得益于这个梦想的鼓舞。如今，他在芝加哥拥有多家连锁超市，价值几千万，也是在这一梦想的鼓励下打拼出来的。甚至包括相亲相爱的妻子，也是因为有了这个梦想的鼓舞才有勇气去追求并最终有情人终成眷属。对于杰米来说，这个当年仅仅价值3美分的梦想已经成为无价之宝。

　　梦想的力量究竟有多大，这个故事已经说得很明白了。毫不夸张地说，一个梦想，足以改变一个人的一生。梦想再大也不嫌大，追梦的人再小也不嫌小。梦想就像一颗种子，只要在内心里种下，总有一天它会长成参天大树，成为你一生的幸福之所。

　　这是一个梦想飞扬的年代，看看现在广受观众喜爱的电视节目就知道了——《中国好声音》、《出彩中国人》、《星光大道》、《快乐女声》，等等，均以梦想冠名，都为梦想唱响，点燃了无数人追逐梦想的激情。只要你有梦想，只要你愿意，总能找到实现梦想的平台,展现自我的风采。

人生,应该有自己的信仰。你可以不信鬼神,这并不会对你的人生产生重大影响,可是你能没有梦想吗?没有梦想的人生,方向何在?力量何来?因此,人生必须要有梦想,梦想是人生最好的信仰。这信仰将为你的人生灌输巨大的能量。

不要说梦想是天才的专利,梦想从来不会拒绝任何人,相反,是太多人拒绝了梦想。人生最大的灾难,不在于过去的失败,而在于未来的黑暗。只有梦想,能为你照亮前行的路,能为你的心灵注入勇气、信心和不实现梦想就永不放弃的执着。

总有一种风景,让你驻足流连。

总有一个故事,让你彻夜不眠。

总有一个梦想,让你无怨无悔。

在人生的大道上,你可以有很多选择,你可以选择成为作家、商人、公务员等,我们不应该停止追寻梦想的脚步,因为唯有梦想才是最好的信仰。

2. 人生从来不会嫌太年轻或太老,一切都刚刚好

没有必要为已经虚度的光阴懊丧不已。在人生的起跑线上,无论你是慢了一步,还是快了一步,并不会对未来起到决定性的作用。只要你的梦想永远在心头闪亮,只要你敢于追寻它,那么一切还都来得及。

我们经常听到身边的人感叹："时间都去哪里了？还没有好好感受年轻，却已经老了！"难道我们的人生一切都晚了吗？难道一切都来不及了吗？事实上，我们的人生路还早，一切还都得及。正如电影《本杰明·巴顿奇事》中的一句台词："人生从来都不会嫌太年轻或者太老，一切都是刚刚好。"

活到现在，你认为自己的人生走了多少？面对这个问题，大部分人都会露出不知所措的表情。对于20多岁的人来说，人生的时钟尚早，如果这个时候你发现自己的步伐比别人慢了一拍，请不要焦虑，更不要灰心丧气，因为这刚起步的慢一拍并不会毁掉你的整个人生。

如果你是一位三十而立的青年人，正热情激扬地在工作中战斗。此时，如果你的步伐又慢了一拍，没关系的，稍微加把劲，还是很容易追赶上的。如果你的人生已经步入50岁，到了知天命的年龄，看着一事无成的自己，你会为自己的人生毫无建树而懊丧不已。不过，没关系。此时离生命的结束还有一大截的时间，你完全有机会使自己的人生反败为胜。

一个人无论在任何时候，都不要对自己说"我没时间，我来不及"之类的话。因为，一个人无论处于哪个年龄阶段，只要他充满行走的动力，就不怕追不上，怕的是丧失能量而停止不前，提前将自己的人生定格在某个阶段。

听说过77岁才开始学画画的摩西奶奶吗？什么？70多

岁的老太太学画画？也许你觉得这不可思议，也不可能是真实的。但是，摩西奶奶就是77岁才开始画画，并且她的作品风靡世界。在这里我们不妨简单看下摩西奶奶的创作历程。

58岁时，她在自己家的壁炉遮板上留下第一幅画作。

77岁时，她正式开始了自己的绘画生涯。

80岁时，她在纽约举办了个画展，引起轰动。并且，她的一封信令渡边淳一弃医从文。

94岁时，她登上了美国《时代》周刊的封面。

在20多年的绘画生涯中，摩西奶奶共创作了1600多幅作品，成为美国最多产的原始派画家之一。其作品在世界各地的博物馆都有展览。1953年，当94岁的摩西奶奶登上美国《时代》周刊时，早已是满头银发。她和蔼可亲的笑容以及她笔下所描绘的静谧的山谷、田园的风光震惊了全世界。尤其她农妇的身份与她画作之间的巨大差距，令她成为绘画界的传奇人物。

对于绘画，摩西奶奶没有动机，只有动力。在绘画创作的日子中，她常常是废寝忘食，并积极向比自己强的画友请教学习。在摩西奶奶的晚年生活中，绘画是她最亲密的伴侣。在她100岁时，她激情高扬地说："虽然我100岁了，但我却感觉自己还是个新娘，我最想做的就是回到开始，再重新来过。"

在美国，摩西奶奶是大器晚成的典范，更是当之无愧的偶像。她的精神影响了全世界的人，尤其对日本著名小说家渡边淳一影响深远。至于摩西奶奶与渡边淳一的故事，更是世间美谈。

在1960年的一天，摩西奶奶收到一封来自日本的信，信件的署名是春水上行。在这封信中，春水上行说自己酷爱文学几乎到了痴迷的地步，他每时每刻都希望自己能够从事文学创作的事业。然而，令春水上行苦不堪言的是，碍于亲情及生活的影响，他大学读了医学专业，大学毕业后一直在做自己不喜欢的医学工作。他从没有因为自己的工作快乐过，而且他心中所思所念的全是自己的文学梦。现在的春水上行已经28岁了，他一直在现实与梦想之间饱受煎熬，不知道自己是应该继续坚持写作的梦想，还是从此放弃。

摩西奶奶在回复春水上行的明信片中写道："把一分钟用在你喜欢的事情上，你会发现，这一分钟也会变得异常美妙起来。"春水上行听从了摩西奶奶的建议，从此弃医从文，并在文学创作中取得了惊人的成就。春水上行究竟是何方人物？他就是日本大名鼎鼎的小说家渡边淳一。在摩西奶奶的指引下，他不仅成功走向了文学之路，更在文学上取得了举世瞩目的成就。而且，渡边淳一的人生经历又一次向世人证明：人生永远没有太晚的开始，现在开始就是刚刚好。

没错，人生从来都不会嫌太年轻或太老，只要我们从现在、从此刻开始起步，我们的人生路仍然尚早，没有必要为已经虚度的光阴懊丧不已。在人生的起跑线上，无论你是慢了一步，还是快了一步，并不会对未来起到决定性的作用。只要你的梦想永远在心头闪亮，只要你敢于追寻它，那么一切还都来得及。

记住,人生永远没有太早和太晚,现在开始就刚刚好。

3. 每天都是余生中最年轻的一天

现在过的每一天,都是余生中最年轻的一天。请不要老得太快,却明白得太迟。认真地体会人生的每个细节,同时过好自己余生中的每一天,这样才算拥有实实在在的生活,才不枉活一世。

每天,太阳冉冉升起的时候,你在做什么?在那温暖灿烂的阳光里,你是惺忪着双眼,麻木地穿梭在人群中,还是浑身上下焕发着勃勃生机,准备为梦想大干一场?

很多时候,我们不是没有梦想,而是把梦想束之高阁,然后对着自己许下一个"以后再说"的诺言。殊不知,当一个又一个的"明天"成为"昨天"之后,梦想的脚步依然在徘徊。为何年纪轻轻却一副沧桑的模样?说好的梦想,到底何时才启程呢?

你知道吗?我们现在过的每一天,都是余生中最年轻的一天。换句话说,在未来的日子里我们再也找不到比今天更年轻的一天了。所以,紧紧握住每一个最年轻的"今天",胜过等待无数个明天。

来读一下威廉斯勒的故事,看看他是如何把握"今天"的:

1871年春,一个叫威廉斯勒的年轻人正在英国蒙特瑞综合医科学校读书,他对很多问题充满困惑,其实他最困惑的一个问题就是怎么处理远大的理想和具体的身边小事。他渴望成功,因此,时常觉得做小事没有意义,对学习渐渐失去兴趣,成绩也越来越糟。他去请教老师,老师送给他这样一句话:"人生最重要的,就是不要去看远方模糊的未来,而是动手清理手边实实在在的最具体的事情。"

威廉斯勒恍然大悟,原来要成就一番大事最需要的就是把握住每一个当下。也就是从这一天开始,威廉斯勒开始用功读书,因为他知道这是"今天"最要紧的事。半个学期以后,威廉斯勒就一跃成为整个学校最优秀的学生。两年之后,更是成了全校最优秀的毕业生之一。

毕业之后,他来到一家医院做医生,依然坚持珍惜每一个"今天",做好每一个当下。他认真对待每一个患者,对每一次出诊都一丝不苟。这种兢兢业业的态度和精益求精的精神,使他很快成了当地的名医。在这之后,他还创立了自己的医学院,这家医学院后来成为英国乃至世界上最有名的医学院之一。

功成名就后的威廉斯勒,经常被邀请到耶鲁大学去演讲,在被问及他是如何取得今天的成就时,他总是说:"我的成功秘诀非常简单,那就是'活在每一个完全独立的今天'。"他还补充说:"要把昨天和明天关在门外,做好手上的事情,这才是最重要的。"

威廉斯勒去世以后,人们用1466页的两大卷书才得以完整记述他传奇的一生。

看到了吧,把握住每一个今天有多么重要。我们眼里的传奇人物,我们以为很遥远、很神秘的成功之路,其实不过是做好当下的每一件事情。

每一天,都是梦想启程的最佳时机。只有懂得珍惜"今天"的人,只有在每一个"今天"为梦想付诸最大努力的人,才能收获最美丽的梦想之花。

一个青年去寻访住在深山里的智者,想向他请教一些人生问题。

青年问:"请问大师,在人的一生中哪一天最重要?是出生之日还是将死之日,或者是事业成功的那一天?"

大师摇摇头:"都不是,人生中最重要的就是今天。"

青年不解,问道:"为什么是今天?今天有什么大事发生吗?"

大师说:"不,即使今天什么事情都没有发生,也依然是最重要的,因为今天是我们唯一能够握在手里的。"

青年还想要追问,可是刚要张口就被打断了。大师说道:"在我们谈论今天的重要性时,已经在浪费'今天',我们拥有的'今天'已经减少了许多。"

青年大悟,下山去了。

不要总说我们还年轻,当每一个"今天"逝去,我们都距离苍老更近了一步。要趁着我们还年轻,为梦想早一步启程。青春是人生当中最具活力的一段岁月,若是辜负了它,人生不是太遗憾了吗?想一想,如果明天就是世界末日,你还会如此挥霍今天的时光吗?

每天都是余生中的最后一天,只要我们能够好好把握,人生就永远不会晚。

4. 迟开的花也许更香,迟熟的果也许更甜

如果你不想白白地浪费你的生命,什么时候开始都不会太晚,即使你明天就将面对死亡。一个轻易承认自己失败的人,是一个极端不负责任的人。记住,再晚的开始也不算晚,迟开的花也许更香,迟熟的果也许更甜。

也许,在青春最绚丽的年华里,你没有迈出梦想的脚步。也许,在时光荏苒、容颜沧桑的今天,你仍然想开启梦想的征程,但却觉得为时已晚。我想告诉你的是,迟开的花也许更香,迟熟的果也许更甜。人生不是百米冲刺,而是一场考验耐力的马拉松。现在启程,为时不晚。实际上,有很多人虽然启程较晚,但却创造了远高于先行者的成就。

董明珠,现任格力集团董事长兼格力电器总裁。她的人生,可以说是梦想成真。可是你知道吗?她迈出梦想脚步的那一年,已经36岁了。都说"女人四十一棵草",可就是在这个尴尬的年龄,她毅然选择了放飞梦想。

董明珠原本有一份稳定的工作,就是在南京一家化工研究所做行政管理工作,有干部身份。可是,在丈夫因病去世后,为了养育儿子和赡养老人,她决定下海。上世纪90年

代,她独自南下,从格力一名最普通的业务员做起。当时的她,完全不知营销为何物,但就是凭着一股不服输的精神和好学的劲头,创造了格力公司新的销售神话。

进入格力后,董明珠再也没有跳过槽,一步步从普通业务员做到了总经理,继而担任格力的董事长、总裁职务。在她的领导下,格力电器的销售额也是连年增长,成为国内外响当当的电器品牌。

董明珠就是一朵晚开的花,却收获了更加香甜的果实。其实,只要那颗追梦的心还在,任何时候启程都不嫌晚。而且,随着经验的丰富、心智的成熟,目标更加清晰,意志更加坚定,一旦爆发出生命的能量,梦想更容易成真。

接下来这个故事里的主人公,更是让人赞叹不已。

在一次时装展览中,一位特殊的嘉宾登上T台,在场的观众们瞬间惊呆了。他不是明星帅哥,也不是时尚靓女,而是一位79岁的老人。他赤裸着上身,露出强壮的身体,肌肉感十足,精神矍铄,完成了一场史无前例的时装秀。79岁的老人竟然能保持这么好的身材,这在很多人看来是一个不可思议的事情。也正是因此,这位老人迅速走红了全中国。

他叫王德顺,他用他独有的方式完成了人生晚年的一次惊艳逆袭。关于何以能够保持这么好的身材,王德顺说:"其实我并不是为了保持身材而去保持身材的,完全是因为工作需要而去保持身材的,50岁时我要演哑剧必须练功,60岁时我要当'活雕塑'必须进健身房,这完全是被逼无奈。"现在,王德顺俨然已是大牌明星,其参演电影《天地英雄》、

《重返20岁》等，均好评如潮。

好一个"被逼无奈"，能把自己逼到这个份上，也足见王德顺的自制力有多么强大，而这强大自制力的背后当然还是他对梦想的执着。

其实，从古到今，大器晚成的人并不在少数。比如位列唐宋八大家之一的苏洵，据说他年轻时，读书很不努力，简直就是糊里糊涂地混日子，经常和一帮"狐朋狗友"赛马、游山玩水。直到27岁那一年，他突然觉悟，开始发奋读书，才有了后来的成就。还有汉朝的开国皇帝刘邦，也是典型的"后起之秀"，他在沛县聚众响应陈胜、吴广起义，称沛公，已然是47岁的"高龄"了。都说"五十而知天命"，47岁的刘邦却点燃了心中的伟大梦想。

从"今人"角度来看，搭上"晚班车"启程却成就显赫的人更不在少数。

娃哈哈集团董事长宗庆后，开始创业那一年，已经42岁。

华为集团总裁任正非，1987年开始创业时，他已经43岁了。

力帆集团董事长尹明善，创办力帆时已是54岁的"高龄"。

梦想不在早晚，绽放就是美丽。由于种种原因，很多人不能在自己最青春年少的时候为梦想出发，但或许正是因为晚一步启程，他们心中积蓄了更大的决心和力量，对梦想的方向也认识得更加明确而清晰，因此能够一飞冲天。

5. 做人没有梦想，跟一条咸鱼有什么分别

一天天，一月月，一年年，我们的徘徊、犹豫和胆怯，真的会把我们的人生涂写成"一马平川"，也注定是"一无所成"。到底是守着这平庸的生活，还是挑战一个精彩的未来？

喜剧之王周星驰在电影《少林足球》里说："做人如果没有梦想，跟一条咸鱼有什么分别？"这看似是一个笑话，实则蕴含着深刻的人生哲理。

咸鱼腌制久了，就会脱水风干，像木乃伊一样。在粤语中，咸鱼有干尸、僵尸的意思，而咸鱼一样的人生，指的就是没有梦想，如同行尸走肉一般的混沌人生。人生只有一次，不过短短几十年，没有梦想不是太遗憾了吗？

那个"歌剧丑男"震惊世界的故事，你可曾听说过？

保罗·帕茨，英国一个小镇上的普通的手机推销员。小时候因为长相丑陋经常受到同学们的嘲笑和欺负。直到36岁这一年，他不但一无所成，还因生病和车祸欠下了很多债务。他太普通了，普通到没有人觉得他会有梦想。就连他自己，也曾在孤单的深夜里质问自己——我这样的人，除了为生活奔波，还配拥有梦想吗？

直到有一天，他听到柴可夫斯基的《悲怆》交响曲，从此决心学习歌剧表演，发誓要成为一个职业的歌剧表演艺术

家。为了实现这一梦想，他拿出全部积蓄奔赴意大利去学习歌剧演唱技巧。后来，保罗·帕茨鼓足勇气参加了英国的首届《英国达人》电视选秀节目，没想到一举成名。

那一天，当表情木讷又带着一股傻气的保罗出现在舞台上说出自己的梦想时，台下有人窃窃私语，也有人在笑。也许，他们都觉得这个梦想对于保罗来说太奢侈了。资深的音乐评审人西蒙·考威尔，对眼前这个傻里傻气的年轻人毫无兴趣，他正打算等保罗一开口就把红色按钮按下去，好让他赶紧离开这个不属于他的舞台。女评委阿曼达问保罗："你来这里干吗？"天哪，她是在委婉地告诉保罗"你真的不应该来这里"。

可是，当保罗放开歌喉，所有的人都惊呆了，相貌如此丑陋的一个人竟然能够唱出这样动听的歌曲！现场有很多人被感动得流下了眼泪，而冠军奖杯，也毫无悬念地颁给了"丑男"保罗。

保罗一唱成名后，被专业人士认定为英国乐坛的骄傲和奇迹，连英国女王伊丽莎白二世也召见了他，亲耳聆听他动人的歌声，并称赞不已。

保罗·帕茨，用他的行动演绎了梦想的力量。即使生活再艰难，他也决不甘心像"咸鱼"一样虚度此生，既然心中有梦想，就勇敢地迈出追梦的脚步。机会也许只有一次，抓住了就能彻底改变自己的命运。

在现实生活中，我们中有很多人，也同保罗一样，做着一份再普通不过的工作，面对着困窘的生活和迷茫的未来，但与保罗不同的是，我们湮灭了自己心中的梦想，我们不敢去想，更迈不出追逐梦想的脚步。一天天，一月月，一年年，我们的徘徊、犹豫和胆怯，真的会把我们的人生涂写成"一马平川"，也注定是"一无所成"。到底是守着这平庸的生活，还是挑战一个精彩的未来？

没有梦想，就没有祖逖的闻鸡起舞。

没有梦想，就没有匡衡的凿壁借光。

同样，马云敢于有梦想，才有了阿里巴巴。

俞敏洪敢于有梦想，才有了新东方。

雷军敢于有梦想，才有了小米的传奇。

……

有梦才有希望，有梦才有力量。古语说，哀莫大于心死，心若死掉，人生就跟一条咸鱼没有分别，心若生机无限，未来的人生也必定精彩纷呈。

一棵草，冬去春来，还是那个模样。草的梦想就是"春风吹又生"，它没有长成参天大树的梦想，这样的梦想也不可能成真。人却不同，对于有思想、有智慧的人来说，没有做不到，只有想不到，只要你敢于为梦想放手一搏，命运绝不会吝惜它的赏赐。

重拾梦想的激情，演绎青春的传奇，这才是人生应有的模样。

6. 那些嘲笑你梦想的人，
是想把你变成和他们一样的人

你要尽全力保护你的梦想。那些嘲笑你梦想的人，他们必定会失败，因为他们是想把你变成和他们一样的人。只要心中有梦想，你就会与众不同。

年少的时候，谁没有梦想？那时候说起梦想，我们是那么的激情洋溢，连眼睛里都闪耀着光芒。可是，梦想说起来容易，真正要去实现，却往往是一个要克服重重困难的过程，最可怕的是，当我们走在追逐梦想的道路上时，常常会遭遇别人的嘲笑。不知道有多少人，在旁人的嘲笑声下放弃了自己的梦想。

其实，嘲笑真的没什么可怕，那些嘲笑我们的人，不过是把嘲笑当武器，想借此把我们变成和他们一样的人，那就是不敢追逐梦想的失败者。

看看这个男孩对梦想的坚守吧：

有一个男孩，在7岁那一年，被一个奇幻魔术深深吸引，那一刻，他就下定决心要成为一个出色的魔术师。很快，他把所有的零花钱都攒下来，为自己买下了人生中的第一个道具——"空中来钱"。

有了道具，他便开始抓住一切时间来练习魔术。有一次，他忍不住在上课的时候偷偷练习魔术，不小心将硬币掉落在地上，老师发现后，没收了他所有的硬币。在全班同学和老师的注视下，他尴尬地站起来，红着脸，怯怯地说了一句："我想成为一个魔术师。"但他没想到，这句话一出口，惹来了全班同学的哄堂大笑，连老师的脸上也写满了不屑。

男孩满腹委屈，一回到家就对着父亲哭诉说："爸爸，我的梦想是成为一个出色的魔术师，可是同学们都嘲笑我……"男孩的话还没说完，父亲就打断了他，父亲拍着桌子大喊道："你疯了吗！"

看到父亲的反应，男孩的眼睛里盈满泪水，但他努力忍着没让它掉下来。从那以后，他不再对人说起自己的魔术师梦想，但是，却一个人默默地继续走在探索和学习魔术表演的道路上。

看着他对魔术的痴迷，父母责骂他，朋友奚落他，连邻居们都议论纷纷——这孩子是不是真的疯了？

时间一天天过去，终于有一天，他鼓起勇气走上讲台，底气十足地对全班同学说："我已经是一个魔术师了！"同学们依旧是嘲笑声一片，可是，就在同学们的嘲笑声中，他完成了神奇的硬币穿盒术表演，一次堪称完美的表演！表演结束的瞬间，雷鸣般的掌声响起，同学们连声叫好。很快，他成了轰动全校的小小魔术师。

任贤齐在《心太软》中唱道："相爱总是简单，相处太难。"而在追逐梦想的道路上，我们也可以说，"嘲笑别人总是容易，坚守自己的梦想太难"。没错，坚守自己的梦想注定不是一件容易的事情，但扪心自问，触手可及的又怎么能算作梦想呢？

梦想，正是因为它的难以企及，才更加令人向往，也更加值得追逐。这是梦想的本质，更是梦想的魅力所在。

还记得马丁·路德·金的著名演讲"I have a dream"吗？

那是1963年8月28日，马丁·路德·金在华盛顿林肯纪念堂发表著名演讲，内容是为黑人争取平等权利。他满怀激情地说：

"我梦想有一天，这个国家会站立起来，真正实现其信条的真谛：我们认为真理是不言而喻，人人生而平等。

我梦想有一天，在佐治亚的红山上，昔日奴隶的儿子将能够和昔日奴隶主的儿子坐在一起，共叙兄弟情谊。

我梦想有一天……"

后来，这一关于梦想的演讲对美国影响极大，可以说已经成为彪炳史册的一次梦想呼喊。

有梦想就要喊出来，像马丁·路德·金一样，勇敢地、坚定地喊出自己的梦想，绝不害怕任何人的嘲笑。他们嘲笑我们，表面上看是他们认为我们做不到，而真正的事实是——他们认为他们自己做不到。

自己做不到的事情，也害怕别人做到。从人性的角度看，这是嫉妒心理在作怪，更是一个失败者自导自演的一种自我安慰方式。人人都希望自己优于别人，这是人性，也是天性。自己不成功，看着别人失败，也会有一种说不出的快感。

想想吧，放弃梦想就等于是在向这个世界说："我认输了！"一个已经输掉自己人生的人，他有什么资格嘲笑你？

被这样的人的嘲笑打败,在这样的人的嘲笑下放弃梦想,才是真正的笑话。

人生只有一次,除了梦想,还有什么值得你全力以赴?

此刻,也许你已经将自己的梦想束之高阁太久,也许你的梦想已经沾满了尘埃,但是没关系,心醒来,梦想也会跟着复苏,拿出你的勇气,誓死捍卫自己追逐梦想的权利吧。旁人越是嘲笑,我们便越是坚定。总有一天,那些嘲笑我们的人会为我们鼓掌、喝彩。

最后送给你一句话,做人要像石灰,别人越给你泼冷水,你就要活得越沸腾。

7. 人生苦短,要活得性感

即使最后败得一塌糊涂,也胜过平庸无聊的一生。当我们老了,搬一把竹椅坐在门前的大树下,发现自己这一生太过平凡、平庸,以至于连一点值得回忆的东西都没有,那才是真正失败的人生。

人生一世,看似漫长,实则不过是短短的几十载,昨天还是青春满面,转眼已是风烛残年。这样短暂的一生,要怎样过才能无怨无悔呢?

关于这个问题,有句话说的好,我们无法改变人生的长度,但可以增加它的宽度,那就是要活得精彩。

羌族姑娘阿依,用她的人生诠释了什么叫精彩。

3岁那年,阿依意外摔伤,最终因伤口感染而截肢,永远地失去了右腿。从那时起,她幼小的心灵里就埋下了自卑的种子,连说话的声音都很小。阿依说,那个时候她走在路上,总是觉得"在路上的100个人中,有99个人都在用奇怪的眼神看我"。

上大学期间,一次在音乐课上,阿依唱了一首羌族民歌,受到老师的连声称赞。也就是从这一次开始,阿依找到了人生中从未有过的自信。19岁这一年,阿依打通了中国残疾人艺术团的电话,想毛遂自荐成为一名歌手,但对方要求阿依先把自己的歌声录成CD寄过去,彼时的阿依,根本不知道什么是CD,于是就放弃了。

不久之后,阿依听说成都市残联艺术团招聘歌手,她不顾家人的反对,立马赶过去面试,结果顺利通过,成为一名歌手。

阿依第一次登台,和她的藏族搭档唱了一首《扎西德勒》。歌声结束,这个从小就极力渴望被认可的女孩第一次收获了潮水般的掌声。就在这一刻,阿依觉得自己不再是一个自卑的人了,她发誓要做一个特别的人。

随着知名度提高,阿依的演出越来越多,在这个过程中,她开始羡慕起那些穿高跟鞋的女孩,但是再看看自己身边的截肢女孩,没有一个穿高跟鞋的。阿依很想尝试穿上高跟鞋,但又在问自己,自己穿上高跟鞋的样子会不会很难看?

一天,在一个朋友的鼓舞下,阿依终于到商场买下了人生中第一双高跟鞋。不过,在买回高跟鞋后不久,她就从楼梯上滚了下来，差点把腿摔骨折。但是她没有就此放弃，而是不断练习，现在她已经可以轻松地驾驭20厘米高的高跟鞋了。在这之后，阿依开始学习瑜伽、羽毛球……

有一年，一张照片在网络上走红，登上了各大媒体的头条，不是别人，正是这个羌族姑娘阿依。那是她在北京演出结束后，准备乘机返回成都时，在机场被工作人员拍到的背影。有无数的人被她的背影所感动，纷纷为她点赞加油。

面对艰难的人生，阿依没有自暴自弃，也没有在自卑中选择静待老去的那一天，而是走出家门，勇敢面对每一个人异样的眼光，去追求自己的精彩人生。阿依说："每个人都有自己的缺陷，只是我的缺陷在身体上，但我绝不会让这个缺陷影响我的心理健康，只要内心充满阳光，我一样可以拥有丰富多彩的人生。"

阿依说的很棒，阿依能做到的，我们为什么不能？阳光下的每一个我们，也都应该追寻着风的方向，去勇敢地追求自己的心中所想。不被一些莫名其妙的低落情绪所困扰，不被前方的任何风险和困难所吓倒，更不被世俗的眼光所中伤，敢爱敢恨，敢作敢为，人生就是要越丰富才精彩。

其实，即使最后败得一塌糊涂，也胜过平庸无聊的一生。当我们老了，搬一把竹椅坐在门前的大树下，发现自己这一生太过平凡、平庸，以至于连一点值得回忆的东西都没有，那才是真正失败的人生。人生走到最后，能留住的只有回忆。所以，人可以长得不漂亮，但必须活得漂亮。你的身体可以不性感，但这辈子必须活得性感。

有人想去北京,说那是离梦想最近的地方,可是一直犹豫。为什么不呢?

有人想去西藏,说那是离神圣最近的地方,可是一直纠结。为什么不呢?

有人想跟心爱的姑娘表白,认定她是生命中的女神,可是一直没有勇气。为什么不呢?

现在就去,去追求梦想,去靠近神圣,去跟最爱的那个她说出心底最真的誓言。因为这辈子很短,一旦错过,将成为永远的遗憾。

Huozai Dangxia,
Rang Meige Rizi
Dou Kanjian Huanxi

活 在 当 下 ， 让 每 个 日 子 都 看 见 欢 喜

Chapter 8
你最喜欢做的那件事，才是你真正的天赋所在

1. 做你喜欢的事情就对了

做你喜欢做的事,上帝会高兴地为你打开成功之门。喜欢做一件事,你就开始去做吧。即使此时此刻只能把它当成业余爱好,你坚持去做了,点滴积累,有一天,它会成为你的专长,成为你可以靠之养活自己的看家本领。

先来读个故事吧:

2011年,美国纽约市将一条新建马路命名为"马友友路(Yo-YoMa Way)"。而这一事件中的主角——马友友,一位大提琴演奏家,还荣幸地得到了总统奥巴马亲自为他戴上的象征着平民最高荣誉的总统自由勋章。

马友友堪称是一位名震国际的音乐大师,多次受到白宫邀请演奏音乐,而且还多次获得"唐大卫奖"和"格莱美奖"。显然,马友友在音乐这条道路上展现了自己的无尽天赋,可是很多人并不知道,如果不是当年他的坚持,也许就没有这个音乐家了。

马友友的父母都是毕业留美的华人,在华尔街做经济研究员。马友友一出生,父母就为他设计好了人生路线,那就是做一位出色的经济师。在马友友还没学会说话的时候,父母就开始教他认识数字,马友友最先学会说的话并不是"爸爸妈妈",而是"一二三……"2岁的时候,就开始学习算术。马友友也没有辜负父母的期望,读小学时,马友友在多次数学竞赛中得了大奖,是学校人尽皆知的"数学之星"。父母老师都为他高兴,但他自己却觉得没有任何乐趣。

有一天,在放学回家的路上,在路过一幢老房子时,他被一种美妙的音乐吸引,那优美的旋律让他禁不住停下脚步,侧耳聆听。他走进院子,发现是一位老人在拉大提琴。就是在这一刻,马友友发现自己真正喜欢的不是数学,而是音乐!

在这之后,马友友经常到老人那里去听音乐,学习拉大提琴。渐渐的,父母也知道了这件事情。

"以前的事情不跟你计较,但以后要专心学习数学。"

"为什么?"

"因为只有这样你才能像我们一样成为一个出色的经济师,甚至是伟大的数学家!"

马友友激动了,他再也不要遵从父母的意愿,他说:"为什么我一定要和你们走同一条路呢?音乐才是我真正喜欢的!"

故事的结局,相信大家都可以猜到了,父母同意了马友友的想法,让他去追求自己的音乐家梦想,也因此才有了今天的音乐大师马友友。

人生就是如此,人只有做自己最喜欢的事情,才能将自己的天赋淋漓尽致地展现在世人面前。当然,并不排除这样的例外,一个人在自己不喜欢的事情上也能做得出色,但这只能说明他能力强大,而绝非天赋的展现。如果给天赋打开一扇门,他的成就必将出人意料。

退一步说,一个人一辈子做自己不喜欢的事情,会是什么感觉?毫无疑问,他会是痛苦的。即使他可以做得很出色,但他收获的最多也就是成就感,真正的发自内心的欢喜是不会靠近他的。下面这个故事正是说明了这个道理:

有一位毕业于中科大少年班的"神童",最终在美国一所知名大学拿到了生物化学的博士学位。在授予博士学位的毕业典礼上,他当众宣布了一个令人吃惊的决定,他说:"我要把博士文凭寄给父母,告知他们:'你们要求我做的事情我完成了,今后,我要做自己的事情,那就是去电台当主持人。'"

现场一片骚动,有人问他,要做主持人不必非得考个生物化学的博士吧?

这位"神童"博士说,这是父母为他做出的选择,迫于压力,他不得不为这个博士学位苦学了多年。而现在,目标达成,他终于可以去做自己喜欢的事情了。

博士毕业,原本是一件值得庆贺的事情,何况,这知名大学的博士学位是多少人羡慕而得不到的啊,可就是这样一件大好事,却在瞬间演变出悲剧的真相。没错,逼着一个人去做他不喜欢的事情,即使他做得再好,终究也还是一个失败的结果。

父母们逼着孩子走自己为他设计的道路,这是当下很普遍的一种社会现象。父母觉得银行家有前途，就逼着孩子朝银行家奋斗；父母觉得学表演有前途，就逼着孩子考艺校；还有逼着孩子学体育、学绘画的。这些父母都声称是为了孩子好，但却从来不关心孩子自己到底喜欢什么。

一个活生生的人，谁会没有自己的喜好呢？有着自己喜好的人终日做着自己不喜欢的事情，又怎么能拥有快乐的人生呢？

2. 爱好及天赋是上天给你的出口，对抗岁月的武器

天赋与生俱来，就像鸟儿天生就会飞翔，鱼儿天生就会游泳一样。我们要做的就是发现并确定自己到底是一只鸟儿还是一条鱼儿。若明明是一只鸟儿却非要去成为游泳冠军，或者明明是一条鱼儿却想成为飞天健将，所有的努力都注定是徒劳。

何为天赋？天赋就是上天赋予你的才能，是与生俱来的。自古以来，关于天赋人们常常陷入一个误区，那就是觉得天赋很遥远，是极少数人才能有幸获得的。比如像大诗人李白那样的人。作为普通人，我们只有羡慕的份儿。其实不然，天赋并不遥远，而是近在身边，就看你能不能发现它了。

奥托·瓦拉赫，是1910年诺贝尔化学奖获得者，可以说是一个极具化学天赋的人，但当初的他，却是别人眼里的笨蛋。

开始读中学的时候,瓦拉赫的父母为他选择的是一条文学之路。但没想到,一个学期下来,老师为他写下了这样的评语:"瓦拉赫很用功,但过分拘泥,这样的人即使有着完美的品德,也绝不可能在文学上有所成就。"

之后,瓦拉赫又在父母的指挥下,开始学习油画。但结果是,瓦拉赫既不善于构图,也不会润色,对艺术的理解力也表现得很差,在第一次考试中,竟然得到了全班倒数第一的成绩。这一次,老师的评语更加令人难以接受:"你在绘画艺术上是不可造就之才!"

面对两度被判定为"笨蛋"的瓦拉赫,大部分老师都对他没有兴趣,认为他很难有什么成就。只有化学老师说出了不同的意见,化学老师认为他做事一丝不苟,具备做好化学实验应有的品质,建议他试学化学。

结果怎么样呢?当真是出人意料,瓦赫拉在化学学习中表现出前所未有的兴趣,学习成就也远远超过其他同学。很快,他就成为公认的在化学方面"前程远大的高才生"。

一个公认的笨学生,却在找到自己的兴趣所在——化学之后,取得了异于常人的进步,甚至于最终夺得了诺贝尔奖,这就是天赋的力量。

其实,天赋就像人生的一个"朋友",有的人幸运,早早地就与自己这个"朋友"相逢、相识和拥抱了,这类人就是我们常说的神童;而另一些人,他们要经历一个更长时间的等待、寻找的过程,才能与自己的这个"朋友"相遇。在这个找寻的过程中，他们可能会怀疑自己，也可能会遭受来自旁人的否定、嘲讽，有些人经不起这些考验，彻底否定了自己，也放弃了寻找，甘愿做一个混沌度日的人。瓦拉赫是幸运的，在化学老师的点拨下快速找到了自己的天赋所在。也许，我们没有瓦拉赫那么幸运，但只要有一线可能，都值得我们全力以赴。

阿甘的故事，更能说明这个问题。

美国奥斯卡获奖影片《阿甘正传》的主人公阿甘智力低下，智商只有75，还患有严重的脊柱侧弯。在学校里，别人对阿甘的称呼都是"低能儿"，可以说，阿甘是公认的必将一事无成的人。可是，意外在一次奔跑中发生了。

一次，为了躲避同学的欺负，阿甘唯一的朋友珍妮对他喊："跑！"阿甘跑起来，跑得越来越快，连原本用来保护脊柱的支架也散掉了。由于跑得快，阿甘加入了大学橄榄球队，成为全美橄榄球明星，还受到肯尼迪总统的接见。大学毕业后入伍参战，更是成了大英雄。

作为一个智商有问题的低能儿，阿甘都能找到自己的天赋，我们还有什么理由怀疑自己呢？也许，一个人的天赋在开始并不表现得那么明显，仅仅是一点兴趣、爱好罢了，但只要坚持不懈地去开发自己，就一定能打开这扇上帝赐予我们的天赋之窗。

天赋与生俱来，就像鸟儿天生就会飞翔，鱼儿天生就会游泳一样。我们要做的就是发现并确定自己到底是一只鸟儿还是一条鱼儿。若明明是一只鸟儿却非要去成为游泳冠军，或者明明是一条鱼儿却想成为飞天健将，所有的努力都注定是徒劳。

人生是一场旅途，但不像骑上单车去游荡那么简单，而是一个需要去挑战各种压力的过程。人与人之间会有竞争，这注定了人生有其残酷的一面。而不管你是在努力奔跑还是彷徨等待，岁月之河从不会停下它流淌的脚步。你若要赢，赢过对手，赢过岁月，唯一的办法就是找准方向，努力奔跑。

3. 让身体和灵魂联结起来，找到真正的自己

人只有找到自己的灵魂，聆听灵魂真正的需求，进而实现身体和灵魂的合二为一，才能走出一条真正能够挥洒自如的快意人生路。

有人说，现代人或许能够把事情做得很棒，但却不知道自己为什么这么做。做事情的时候，他们总是充满了智慧，但做完之后又总是陷入深深的空虚。于是，他们努力让自己变得更加忙碌，工作、交际、看电影等，以此来回避内心的空虚。

忙碌着却依然感到空虚，这是为什么？

从某种意义上说，这是源自身体和灵魂的分离。他们的身体，包括生理意义上的肉身和精神意义上的大脑，都是处

于忙碌状态，并且这种忙碌也换来了优异的成绩。但问题在于，他们的心灵并不能认可、接受和赞赏这些成就，所以，身体虽然获得丰收，心灵却是收获甚微甚至一无所获的，是处于一种"so sorry"——"我很难过"的状态。

因此，我们在追求人生梦想的道路上，最重要的一点就是找到真正的自我，一个身体和灵魂合二为一的自己。

碧桂园集团副总裁彭志斌，读书时选择的是土木工程专业，是一名标准的"理工男"。毕业后，他也是顺理成章地进入一家企业做技术工作，但是，他对技术性的工作总是提不起兴趣，而相反，一想到管理工作，他心中就变得兴奋。经过再三考虑，他肯定自己内心喜欢的是管理，而非技术。于是，他果断选择了辞职，继而到武汉大学就读MBA，为将来从事管理工作做好准备。

因为接受了MBA的系统教育，彭志斌对企业管理有了全方位的理解和认识，对于工作，也有了更加成熟的认识。2003年从武汉大学毕业时，虽然原单位还在以丰厚的待遇邀请他，他却毅然拒绝了这份邀请，独自南下深圳，从零开始。终于，在经历了一段时间的摸索和奋斗之后，他在管理方面表现出非凡的造诣，也取得了优异的成绩。

这个故事里的彭志斌，称得上是一个坚定、勇敢的追梦者，着实令人钦佩。他也用他的人生告诉我们，做自己喜欢的事情是能够一举两得的，那就是事业有成和心灵欢喜的双丰收。

其实，谁才是我们生命的主人呢？也许，你会毫不犹豫地回答说是"我"，可是这个"我"到底是谁呢？在我看来，这个"我"首先是我们的身体，但又不仅是我们的身体。我们的身体就像是一幢房子，是主人威严的象征，但真正的主人是这幢房子里的"灵魂"。因此，人只有找到自己的灵魂，聆听灵魂真正的需求，进而实现身体和灵魂的合二为一，才能走出一条真正能够挥洒自如的快意人生路。

对于生命而言，灵魂其实就像是一个出口。长期被压抑，总有一天会喷发。

下面这个故事中的主人公正是如此。

郑泽生，1972年出生于广东丰顺县一个贫困家庭。他所经历的不幸，远不止是贫困这么简单。他的父亲因癌症早早去世，他7岁那年又被拐卖到异乡，经历了长期的逃亡和乞讨生活。后来奇迹般地找回家乡，继而去深圳打拼，到如今，他的生意做得不错，也赚下不少的银子。可是，他总觉得自己的心思不在生意上，总觉得有一种声音在召唤着自己去做另外的某件事情，但又说不清那件事情是什么。

或许是前半生"地狱"般的生活经历让郑泽生受伤太深，他觉得自己有太多的东西想要表达，于是拿起了画笔。但在作画时，他觉得自己好像进入一种幻觉，他这样描述自己的感受："起初，我跟随很多人上了一条大船，船上有形形色色的人，包括一些伪造人形的禽兽，他们想扒光我、吃掉我，甚至想推我入海。我用画作来排解内心的恐惧、烦躁。"

绘画让他更加痛苦，他的画面也是阴郁、幽暗、妄念丛生。为了缓解这种痛苦，2004年，郑泽生接受邀请参加了一场在西藏每12年才举办一次的佛教密宗法会，一路入藏，看到匍匐在地五体跪拜的藏民，郑泽生的心灵受到从未有过的震撼，也是这种强烈的震撼，开启了他绘画和灵魂之门。2005年他定居云南丽江，潜心画画和修行。这一次，他的灵魂和画作都从地狱走向了天堂，变得明亮、纯净、天真、梦幻。

这一阶段的创作，郑泽生称为"灵魂绘画"，他说："终于，在天际发现了一个小岛，它这样美，从未被污染过，唤醒了我，我的心越来越安静明亮。"

2014年12月19日，广东美术馆举办了"行经——郑泽生作品展"。郑泽生这个籍籍无名、没有受过任何学院训练，也没有办过任何展览的"艺术行走者"，打破广东美术馆的常规，用四个展厅呈现了他的灵魂绘画。他的作品不在意于油画外在形式，不在意于通行的审美准则，而是用类似原生态的绘画语言，对生死、对人性、对信仰发出叩问。

在郑泽生的故事里，我们可以看到灵魂的力量。灵魂潜伏在每个人的心底，只要你给它一个出口，它便喷涌而出。

哲学大咖柏拉图说过："当美的灵魂与美的外表和谐地融为一体，人们就会看到，这是世上最完善的美。"其实人生也是如此,只有当我们的身体和灵魂完美地结合在一起时,人生才是最美的。找到自己的灵魂,找到真正的自己,也才能真正拥有自己的人生。

4. 太多欲望总是与自己真正的需求毫无关系

过度的欲望就是贪婪,而贪婪就像一朵艳丽的罂粟花,虽然美丽诱人,但却让你中毒不浅。所以,试着去控制自己的欲望,筛选自己的欲望。

面对"你幸福吗?"这样一问,很多人的反应都是摇头,或者犹豫,是的,他们觉得自己不幸福。同样是感觉不幸福,原因却大不相同,在这不幸福的人群中,有些人是因为"得不到"而不幸福,有些人却是"得到了"仍然不幸福。

竟是什么毁掉了幸福?说到底就是欲望。

让我们先来了解一下幸福是什么?换句话说,人所感受到的幸福从何而来?从心理学上讲,幸福是一个人的需求得到满足时产生的喜悦快乐与稳定的心理状态。而欲望,指的是由人的本性产生的想达到某种目的的要求。

可以肯定地说,欲望本身是无所谓好坏的。毁掉幸福的不是欲望,而是一些不合理的欲望。我知道一个日本演员北野武的故事,一起来读读吧:

日本演员北野武说,他在没出名之前,一直渴望着有钱的生活,觉得有钱才会幸福。他当时想,等有钱了一定要开最高档的跑车，去最高档的餐厅。可是，等到真正功成名就后，等到他开上保时捷的时候，他却发现感觉并没有那么好。

最后，他觉得他感受不到幸福，是因为"看不到自己开保时捷时的样子"。结果，他让他的朋友开着保时捷在前面，而他打上一辆出租在后门跟随，并且对着司机说："瞧，那是我的车！"

显然，北野武自始至终都是一个不幸福的人。在成名之前，他因为"得不到"而不幸福，而在成名之后，虽然"得到了"却依然不幸福。前者还算是人之常情，后者却令人困惑。为何得到了也不幸福？

这是因为，北野武所渴望的"高档跑车、高档餐厅"实际是膨胀的欲望，并非他真正的需求，所以当这些欲望得到满足后，表面上看他的确是拥有了更多，但内心却没有得到真正意义上的满足，于是，幸福也就没有如期而至了。

在寻找对象这件事情上，人们也常犯类似的错误。很多姑娘选择对象的标准就是高富帅，但真正在一起之后却发现，所谓的高富帅不过是一颗虚荣心所追求的欲望，而并非自己的真正需求。他可以很高、很富、很帅，但他能给你最贴心的呵护和最真诚的爱吗？

幸福，是每个人毕其一生的渴求。我们每个人的梦想可能不同，有人渴望成为科学家，有人渴望成为作家，也有人渴望成为一个企业家，但所有这些梦想又都通往另一个终极梦想，那就是幸福。

想获得幸福吗？那么问问自己，你真正的需求是什么？也许，你的真正需求是小富即安，与这个人人为金钱疯狂的世界显得格格不入；也许，你真正的需求是安静地享受孤独，与这个强调人际关系就是财富的时代很不搭调；也许……这都没关系，你幸福就好。

"老大"原本就拥有一份自己简单的幸福，可是却被破坏了，来看看是怎么回事：

央视曾经上演过一部电视剧叫《老大的幸福》，剧中有一位憨厚老实的足疗师傅吉祥，他原本在东北一个小城市过着简单的生活，并且感觉很幸福。可是，他在北京的几个自以为事业有成的弟弟妹妹，坚决认为傅老大不幸福，最终固执地把傅老大弄到了北京。

可是，在北京这座陌生的大城市里，傅老大找不到幸福的感觉，更重要的是，他发现他那几个表面很成功的弟弟妹妹，其实一点也不幸福。外表的光鲜之下，藏着他们的迷茫、压抑和钩心斗角。

塞涅卡说过一句很智慧的话："如果你不能对现在的一切感到满足，那么纵使让你拥有全世界，你也不会幸福。"

这是一个欲望膨胀的社会，有官欲、钱欲、名欲、色欲，等等。甚至有人为了满足自己膨胀的欲望，不惜走上犯罪的道路。要知道，合理的欲望是需求，是梦想。过度的欲望就是贪婪，而贪婪就像一朵艳丽的罂粟花，虽然美丽诱人，但却让你中毒不浅。所以，试着去控制自己的欲望，筛选自己的欲望，试着不去比较，不去看齐，而只是享受自己的世界。

有人说，"欲望越小，幸福越大"，其实欲望大小是无所谓的，关键是合理。对于有些人来说，简单快乐就是幸福，因为这就是他的需求。对于有些人来说，忙碌奔波才是幸福，因为这才是他的需求。

找到自己的真正需求，才能找到梦想的方向，幸福也就不再遥远了。

5. 别去看别人多风光，每个人的人生自己谱写

看上去毫不费力的前提一定是非常努力。路要自己走，才能越走越宽。所以，无论任何时候，我们都要记住，靠天靠地不如靠自己。

有这样一则寓言故事，不知你听过没有？

有一头猪说："假如让我再活一次，我要做一头牛，虽然要干很多活，会很辛苦，但是名声很好，惹人称赞。"

一头牛听见了说："假如让我再活一次，我一定要做一头猪，吃吃睡睡一辈子，不用干活，不用流汗，多快活啊！"

这时候，一只鸡听见了牛和猪的对话，也赶紧发表自己的意见。鸡说："如果让我再活一次，我要做一只鹰，展翅高飞，云游四海，哪天饿了就抓一只鸡饱餐一顿。"

不成想，这时候有一只老鹰从天空飞过，大喊着说："假如让我再活一次，我要做一只鸡，渴有水，饿有米，住有房，还受人保护！"

这个故事告诉我们，风景总是在别处。其实，动物们是这样，人更是如此。"你看，他多成功多风光啊！"羡慕别人，几乎是人的一种本能。我们羡慕别人事业有成、住豪宅、开好车，如此等等。总之，眼里都是别人的风光，心中尽是自己的失落。但是，人绝不能在本能的支配下生活，更不能让这种出于本能的羡慕成为自己的习惯。习惯了羡慕别人的人，大概只能永远去羡慕别人了。从羡慕中抽身退出，努力开拓出一条属于自己的精彩道路才是最重要的事情。

美国梦的典型代表人物阿诺德·施瓦辛格，可谓是风光无限，但这风光也是他自己一路奋斗得到的。

1947年7月30日，阿诺德·施瓦辛格出生在战后奥地利的一个普通家庭里。1968年，年仅21岁的阿诺德·施瓦辛格，不顾家人的反对，带着20美元和一个破旧的行李箱，从奥地利来到美国，追寻自己的梦想——成为健美明星。

刚到美国时，因为没有可以谋生的专业技能，生活很是艰苦，还曾到工地搬砖为生。但是，不管怎样艰苦，他心中为梦想前行的信念从未动摇。他省吃俭用，把更多的钱用来买健美杂志和健美器材。

终于，经过艰苦的拼搏，施瓦辛格前后共摘取1次"世界先生（Mr. World）"、5次"宇宙先生（Mr. Universe）"和7次"奥林匹亚先生（Mr. Olympia）"的桂冠，这样辉煌的成绩在全球健美运动领域实属"前无古人"。

不仅如此，施瓦辛格还开始进军电影领域，立志要成为一名顶级的电影明星。可是，由于是半路出家，德国口音很重，再加上他一身的肌肉实在太过发达，很多人都不看好他。但是，施瓦辛格就是不服输，他坚持不懈地朝着目标努力，终于登上了荧屏。如今，他是全世界片酬最高的电影演员之一。

在追求梦想的道路上，一切都要靠自己，问题要自己解决，压力要自己扛，再多的苦和累也只能自己在心底消化。不要羡慕别人的风光，这个世界上没有纯粹的风光，每一个人的风光背后，不是沧桑，就是硬扛。那些看上去毫不费力就收获了风光无限的人，实际上都经历了一个非常努力的过程。只是，他们习惯了默默努力，却只把最好的一面展现在世人面前。

当然，你也可以成为那样的人，但看上去毫不费力的前提一定是非常努力。路要自己走，才能越走越宽。所以，无论任何时候，我们都要记住，靠天靠地不如靠自己。

退一步说，其实有谁是真正靠得住的呢？靠天天会变，靠地地会荒。拿创业来说，投资者愿意支持你，愿意让你依靠的时候，总是你的事业蒸蒸日上的时候，一旦出现危机，事业下滑，他们就会立刻转变立场。

追求梦想的道路上，靠的住的只有自己，自己的人生自己去谱写。

6. 最好的旅行，是通往自己的内心

灵魂走向哪里，人生便朝向哪里。不妨走进自己的灵魂，跟自己的灵魂来一次深度沟通，发现自己内心深处的渴望，然后再度出发，这不是一次说走就走的旅行，这是一次庄严而神圣的人生探险、灵魂与肉体同行的患难之旅。

这是一个崇尚旅游的年代，一场说走就走的旅行，不知道点燃了多少人内心对远方的向往。现在每逢国庆、五一，放假的钟声一旦敲响，平日里忙碌的人们便作鸟兽散状，西藏的西藏，云南的云南，没钱的骑行，有钱的飞行。紧接着，我们的微信朋友圈就会被各种风景照、自拍照所充斥。每到这个时候，我总是在想，身体走得再远，若灵魂没有出发，又有多大意义呢？

最好的旅行，是通往自己的内心，这是我所坚信的。因为人只有懂得去发现自己的灵魂，提升自己的灵魂，才能焕发出人生最强大的能量。

曾经，有一位父亲带他的儿子去参观梵高的故居，看到那张小木床和那双已经开裂的皮鞋，儿子疑惑地问父亲："梵高不是大富翁吗？"

父亲回答说："不，梵高一辈子都很贫穷，连妻子都没有娶上。"

之后，父亲又带着儿子去了丹麦，参观安徒生的故居。站在一幢简陋、破旧的阁楼前，儿子又是一副疑惑不解的样子，他问父亲："安徒生不是生活在宫殿里吗？"

父亲回答说："不，安徒生是一个鞋匠的儿子，他就生活在这幢阁楼里。"

这位父亲是一个水手，常年在海上奔波，但收入并不丰厚。他的儿子叫伊尔·布拉格，后来成为了第一个获得普利策奖的黑人记者。

这个故事的寓意很明显，一个人出生卑微没关系，他一样可以成为历史上最伟大的人。上帝是公平的，上帝的公平不在于他给予每个人一样的容貌、财富和地位，而在于他馈赠给每个人一个同样自由的灵魂。

在人世间奔波，我们都会遭遇太多的身不由己，但是我们的灵魂一直是自由的。灵魂走向哪里，人生便朝向哪里。不妨走进自己的灵魂，跟自己的灵魂来一次深度沟通，发现自己内心深处的渴望，然后再度出发，这不是一次说走就走的旅行，这是一次庄严而神圣的人生探险、灵魂与肉体同行的患难之旅。

没有灵魂的人无异于行尸走肉，不能驾驭自己灵魂的人生也注定是痛苦的。

有一头长颈鹿，一出生就是个哑巴，随着慢慢长大，它心里有很多话想说却说不出来,它感到很痛苦。

有一天,上帝对长颈鹿说:"我可以解除你的苦难,使你能够说话,不但能讲兽言、鸟语,甚至还能说人话!"

长颈鹿一听,高兴极了。可就在这时候,上帝又说:"但你必须先答应我一个条件,就是你获得说话的能力以后,不能想说什么就说什么,你只能说那些我让你说的话,即使你心里不愿意说也要说,你能做到吗?"

长颈鹿看了上帝一眼,转过身去,屁股对着上帝,头也不回地走了。

故事里的长颈鹿是不是很可爱?其实除了可爱,它还是一头令人钦佩的长颈鹿,宁愿做一辈子的哑巴,也决不出卖自己的灵魂。世界上最痛苦的事不是有话说不出,而是做一辈子自己不想做的人。

不知道是从什么时候起,我们这个世界变得越来越功利、浮躁、贪婪,几乎所有的人都在为了金钱、地位、名利而战,梦想被房子、车子、票子取代,一个欲望跟着一个欲望,人心好像成为了永远也填不满的深坑。

起早贪黑,像陀螺一样转个不停,但却说着言不由衷的话,做着并不喜欢的事情。这样的人生真的幸福吗?我想,我们已经走得太快,丢掉了我们那个最忠实最珍贵的朋友——灵魂。

一群人急匆匆地赶路,突然,一个人停了下来。同行的人感到很奇怪,于是就问他:"为什么不走了?"那个停下的人一笑,说道:"走得太快,灵魂落在了后面,我要等等它。"

人若丢掉了灵魂,即使得到全世界又有什么意义呢?重拾丢掉的灵魂,重塑这宝贵的人生,一切都还来得及,但前提是现在就出发。迷茫,是人生旅途最初的行囊,不要害怕迷茫,只要带上灵魂一起远行,前方的道路将逐渐变得清晰,人生也因此而精彩。

Huozai Dangxia,
Rang Meige Rizi
Dou Kanjian Huanxi

活在当下，让每个日子都看见欢喜

Chapter 9
尽管去做，别辜负生命的另一种可能

1. 活着，就为了精彩

人生只有一次，除了精彩，还有更好的选择吗？没错，只要敢拼，只要肯付出，人人都可以活得精彩。人活着，绝不是为了活着而活着，只要活得精彩，长短真的不是那么重要。

乔布斯的经典语录是"活着就是为了改变世界"，马云则用他的人生告诉我们，活着就是为了颠覆世界。那么我们呢，我们活着就是为了上班下班，然后把微薄的工资存入银行吗？内心也在渴望精彩人生的我们，为何总是轻而易举地就选择了放弃。殊不知，这是对人生的辜负，对生命的亵渎。

也许你会说，不是人人都能拥有精彩的人生，那么不如来看看福建"断臂铁人"兰林金的精彩人生吧。

21岁的兰林金报名参了军，4年之后退伍的他，靠着在部队学到的爆破技术，辗转于广州、厦门等地的大小煤矿、采石场等地，打工为生。收入不算多，但生活得也算幸福。可是，一次意外事故彻底打破了兰林金平静的生活。在广东一家采石场，由于炸药意外爆炸，兰林金永远失去了两只前臂和一只左眼，而且只拿到5万多元赔偿费。在这之后，他陷入了终日的消沉和绝望之中，妻子也离他而去。

这个时候，家里只剩下他和他年过九旬的老奶奶。第一年，兰林金想不开，第二年，还是想不开，第三年……他和奶奶都是在一边聊天一边流泪中度过的。渐渐的，家里已经是山穷水尽了。为了活着，他不得不出去找人借钱。可是，钱没借到，他却回家痛哭了一场。兰林金说，他向人家借10块钱，人家说不借，但是可以送他5块钱。兰林金很清楚，人家的意思是他还不起，换句话说，他连5块钱都不值。那个时候，甚至还有人劝他干脆去当个乞丐算了，说："反正你的残疾是真实的，当乞丐也是比较赚钱的。"

兰林金被激怒了，他心想"我就算死也不会去当乞丐"。他在痛哭一场之后，下定决心要好好活下去，要活出个人样。

渐渐的，兰林金学会了自己穿衣服、刷牙、吃饭、上厕所，甚至还会打电话。他陆续尝试过养猪、养鱼、种烟、栽芋头等很多创业项目，但基本都是以亏本告终。为了还债，兰林金竟然还学会了开三轮车，跑起了运输。生活问题解决了，但兰林金并不甘心就这样过一辈子。

机会总是为有梦想的人准备的。有一年，村里有荒山要承包，兰林金毫不犹豫地承包下850亩，种起了油茶树。8万多棵油茶树，兰林金每年都是自己剪枝，用嘴巴剪，每次一剪就是20多天。除了种植油茶，他还承包了400亩山林种毛竹和苦竹，同时养了3万多尾鱼和300多只鸡。

如今，村里人都管兰林金叫牛，村里人都说，"他跟牛一样，忙，什么都能干，没有手也能干，有一些事情我们做不到，但是他可以"。

看到兰林金的故事，你是否觉得那是一个奇迹？如果那样一种悲惨命运发生在我们身上，我们是沦为乞讨之人，还是会如他一样坚强勇敢，靠着一双断臂开创自己的精彩人生？兰林金的故事也告诉我们，精彩人生不是伟人的专利，平凡人也一样可以拥有自己的精彩人生。

人生只有一次，除了精彩，还有更好的选择吗？作家卡莱尔说，停止奋斗，生命也就停止了。巴尔扎克则教导我们，要拼上一切代价去争取一个美好的前程。没错，只要敢拼，只要肯付出，人人都可以活得精彩。在人生面前，我们有两种选择，精彩或者不精彩，而在我们努力拼搏的道路上，答案只有一个，那就是精彩！

人生，没有什么既定的命运。所谓的宿命论，不过是意志薄弱的人给自己寻找的一种借口。人活着，绝不是为了活着而活着，只要活得精彩，长短真的不是那么重要。

2. 我们这辈子，应该在世界上留下点儿什么

人生最大的骗子有三个，那就是名、利、权。这并不是叫我们去拒绝名利权，而是教导我们不要把名利权当作目标，而是看作一种实现人生价值的手段和方式。所以，你可以选择和追求成为一个有钱人，但有钱人绝不是价值的代言词。人，应该为梦想而活，为价值而活。

人生一世几十载，匆匆而过，当我们离去时，能为这世界留下些什么呢？换言之，人为什么活着？金钱？荣誉？还是梦想，或者其他？借用青年导师李开复的一句话："衡量

一个人价值的标准，不是看他拥有什么，而是看他为这世界贡献了什么。"

人不同于动物，每天都要为了生存考虑，对于温饱已经不是问题的人类来说，如何让自己的人生过得有意义，才是一个问题。人活着，绝不能为了活着而活着。

曾经有一次，作家毕淑敏到一所大学去演讲。那一天，毕淑敏一走上讲台，就不断有纸条递上来，不一会儿，就堆积成了一座小山。毕淑敏一边演讲，一边在心中默默猜测，不知道这小山堆一样的纸条里藏着怎样的思想炸弹。

演讲结束，进入回答问题环节。毕淑敏拿起一张纸条，只见上面写着：人生有什么意义？请你务必说真话，因为我们已经听过太多言不由衷的假话了。毕淑敏为大家念完这个纸条时，台下一片沉寂，毕淑敏说："这个问题提得太好了，今天，在这里，我将非常负责地对大家说，我思索的结果就是：人生是没有任何意义的！"

台下的人先是惊愕，继而是雷鸣般的掌声。毕淑敏说，那是她这一生中听到过的最激烈的掌声。

紧接着，毕淑敏用手做了一个"暂停"的手势，说道："大家先别急着给我掌声，没错，我说人生是没有意义的，但是，我们每个人都要为自己的人生确立一个意义！"毕淑敏老师说完，台下又是掌声雷动。

人生原本没有意义，而我们有义务为自己的人生赋予意义，毕淑敏老师的总结是如此的智慧。的确，为原本苍白的人生赋予意义是我们每一个人一生中最重要的事情。

Chapter 9

曾经有一则报道,是关于美国一个普通警察的故事。20岁出头的年纪,他开始了自己的警察生涯,他接手的第一个案子就是一个奸杀案。一个七八岁的小姑娘,被一名歹徒强奸并杀害。

可是,过了许久,警局也没能破获这个案子。对于这个案件,大家都不再抱以信心,但只有这个年轻的警察,他一想起那个受害的小姑娘那张天真无邪的脸庞,就觉得愧对于她,与此同时,他更觉得有一张邪恶的脸在嘲讽他。于是,他一个人开始了漫长的破案生涯。在兼顾其他案情的同时,他一有时间就为那个奸杀案奔走在大街小巷。他的同事和上司都以为他疯了,甚至有人骂他是白痴、傻瓜。但是,他仍然孤独地前行着。即便是在退休以后,他仍然没有放弃。

终于,在70岁那一年,终于将那个逍遥法外几十年的歹徒绳之以法了。

有人问这个警察:"你一生就做了这一件事,你觉得值不值?"他说:"我觉得很值,我使那些歹徒知道什么是法律的尊严。一个人一生只要做好一件事,就不算白活。"

这个故事真是耐人寻味,人生在世,你可以有很多选择,行走在人生的道路上,也将面对各种考验和诱惑。也许,你没有机会成为乔布斯、马云一样为世界留下大价值的人物,你仍然可以选择认真做好一件事,就像上面这个故事里的警察一样,这也是一种人生价值。

在当下这个社会,人心浮躁,金钱为上,好像谁拥有更多金钱谁的人生就更有价值。真的是这样吗?我记得林语堂说过,人生最大的骗子有三个,那就是名、利、权。这并不是叫我们去拒绝名利权,而是教导我们不要把名利权当作目标,而是看作一种实现人生价值的手段和方式。所以,你可以选择和追求成为一个有钱人,但有钱人绝不是价值的代言词。人,应该为梦想而活,为价值而活。

一个优秀的作家,为世界留下精神财富。

一名优秀的教师,为世界培养无数人才。

一个优秀的医生,为千万生命保驾护航。

……

我们,可以很平凡,但拒绝没有价值的人生。

3. 若你一事无成,是因为你没有去做

行动力到底有多重要?一个方案是一流的 Idea 加三流的实施,另外一个方案是一流的实施加三流的 Idea,投资人往往选择一流的实施加三流的 Idea。

同样都是一生,有人在人生的尽头收获的是事业有成,有人怀抱的却是一事无成,造成这种差别的原因究竟是什么呢?

有人说是机遇,说机遇这东西可遇而不可求,遇到机遇的人,可能在短短几年内就飞黄腾达了,而那些等不到机遇的人,就只能继续着平凡的人生;有人说是背景,说那些家庭背景强大、人际关系强悍的人,往往更容易登上事业的巅

峰；还有人说是才能，认为有的人天生就是干事业的人，而有的人，天生就是穷人命。

真的是这样吗？我们一事无成真的是因为我们命该如此？绝不是，其实，很多事业有成的人，他们曾经也是和我们一样平凡的人，他们能够成就和我们完全不同的人生完全是因为他们更加有行动力，机遇来临时，他们果断地伸手去抓住，而我们，还在犹豫、徘徊，还在考虑种种的风险、得失。

听说过"等死模式"吗？

有一个女孩，在第一次参加研究生考试失败后，意外遇到一份不错的工作，这个时候她就陷入了纠结中，是努力干好这份工作呢，还是放弃工作继续考研？选择前者，她觉得很遗憾，因为她真的很想考研究生，可是选择后者，她又害怕空努力一场又考不上，工作也丢掉了。为此，她已经纠结了整整半年。

有一天，她跟一个在第一职场网做职业规划师的朋友说起此事，朋友问她："去年考研，你每天花多少时间学习？"她说："去年每天大概用4个小时，持续3个月，最后考前突击一周，最后差3分没有考上。"

朋友又问她："现在你每天为这件事纠结花费多少时间？"她说："已经6个月了，每天都在想，上下班都在想。"

这位职业规划师朋友立马给她算了一笔账。

去年准备考研的时间：$4 \times 3 \times 30 + (8 \times 7) = 416$ 小时

纠结时间，按照每天纠结5小时来算：$5 \times 6 \times 30 = 900$ 小时算完,职业规划师朋友对她说:"花费时间来纠结是等待成本,而尝试去做一件成败未知的事情是穿越成本,你的等待成本已经是穿越成本的2倍了。"她还说,当一个人的等待成本远远高于他真正行动时所需要的穿越成本时,意味着他已经进入了"等死模式"。其结果就是,越等待越纠结,越纠结越没有信心。

我们之中有很多人,是否也已经深陷"等死模式"之中了呢?我们不满意自己的工作,想要跳槽,却又害怕找不到更好的,如此纠结,日复一日。或者,我们想辞职创业,但又害怕创业失败,于是上演一日又一日的纠结,结果工作上没有提升,创业也仍然是一个梦幻。其实,与其花费时间来纠结,不如把这些时间用来行动,行动是通往成功的唯一捷径。跟那些大有作为的人相比,我们一事无成归根结底在于我们"没有去做"。

比尔是美国费吉尼亚州的一位在校大学生,他的家境其实还算富有,但是去上大学时,他拒绝了父母的资助,只带了车费便出发了。

刚到大学,比尔就跑到一家餐厅,称愿意帮送外卖,因为当时学校内是不允许开餐厅的,餐厅都在学校附近。很快,比尔在很多家餐厅都谈下了送外卖的服务,每一单外卖提成1美元。为了提高餐厅的销量,比尔甚至用自己仅剩的30美元印制了宣传单,不惜辛苦地跑遍了每一幢宿舍楼。

外卖销售量迅速增长,比尔从一天拿30美元的提成增长到了每天200美元。可是,当这份工作做得如火如荼时,他竟然辞职不干了。原来，他又有了新的想法。他拿着自己赚到的 5000 美元，收购大四将毕业学生的自行车，然后开了一个自行车"出租"公司，比尔以 10 美元一天的价格出租自行车，平常每天能租出去二十多辆，周末时自行车被一租而空。一年以后，比尔则正式成立了出租公司，业务也扩大到了周围好几个学校。

看到行动力有多重要了吧！行动力到底有多重要，马云也给出了答案。马云说，一个方案是一流的 Idea 加三流的实施，另外一个方案是一流的实施加三流的 Idea，他会选择一流的实施加三流的 Idea。

从心理学的角度讲，缺乏行动力是拖延症的表现之一。在《战胜拖拉》一书中，作者写道："我们真正的痛苦来源于因耽误而产生的持续的焦虑，还来自于因错失人生中很多机会产生的懊悔。所以，与其痛苦，与其懊悔，还不如现在就放手一搏。"

俗话说，没有想不到，只有做不到，不过，纵然你想得再好，如果不付诸行动，一切都是枉然。

4. 为你爱的人与爱你的人创造美满的人生

如果不是为了爱我们的人和我们所爱的人，努力的意义又何在呢？为了让家人过上美好的生活，付出再多也是开心的。

人活着绝不是为了自己，一个人的生活是单调的，也是冰冷的。我们活着，渴望爱，也渴望被爱，为那些爱我们的人和我们所爱的人努力奋斗，也是我们义不容辞的责任。国内最受好评的男星之一佟大为曾坦言："我一直相信，努力工作是为了让家人有更好的生活。"他是这么说的，也是这么做的。

佟大为出生在辽宁抚顺市一个普通的四口之家，这原本是一个幸福的小家庭，可是在佟大为6岁那一年，当交警的父亲在一次执行公务时发生意外，成了植物人。母亲默默地挑起了家庭的重担，年幼的佟大为和姐姐也在一瞬间成熟了。那个时候，年幼的佟大为就想，一定要努力学习，活出个人样，让家人过上美好的生活。

凭借自己的努力，佟大为顺利地考上了沈阳的一所中专学习经济管理。在这里上学期间，佟大为曾当过一次群众演员，当时导演夸他外形不错，佟大为就萌生了考电影学院的想法。凑巧的是，当年上海戏剧学院在大连招生，佟大为就一个人去大连面试。最终，他顺利地考上了上海戏剧学院。不过，之后的演艺生涯并不那么顺利。

1998年，佟大为在上海戏剧学院读大四，接演了人生中第一部戏《嫂娘》，然而，他的角色很快就被一个同班同学给取代了。当时佟大为心里郁闷极了，长达3个月的时间里，他在学校走路都不敢抬起头来。但是有一天，他突然释怀了，"进组试戏，我连台词都没背下来，是拿着剧本去试的。这怪不了别人，只能怨我自己不努力。"尝过不努力的教训后，佟大为变得努力起来，他没忘记为了让家人过上美好生活的愿望,他变得勤奋,在每一次拍戏前都做足功课。

2012年,佟大为接到吴宇森导演的邀约,在电影《太平轮》里演一个通讯兵。为了演好这个草根角色,他迅速开始学习通讯兵的技术,当他得知湖南有亲历那个时代的老兵时,他第一时间赶往那里,和老兵聊往事,拉家常。佟大为说:"演戏演的是一种感觉,只有你心里真正感受过的,才能把它演好。"

跟《奋斗》里的陆涛不同,现实中的佟大为是一个内向,甚至有些口拙的人,他自认为自己没有演员的灵气,但一直走在努力的路上。

如果不是为了爱我们的人和我们所爱的人,努力的意义又何在呢?和关悦结婚并育有一个女儿之后的佟大为,更加努力地在拍戏,为了让家人过上美好的生活,付出再多他也是开心的。

作为一个普通人,可能我们没有佟大为那样的机遇,但是我们一样可以用我们的方式来为所爱的人和爱我们的人而奋斗。下面这个普通人奋斗的故事,更加动人。

一个男孩,13岁那一年,父母离异,他迅速长大。他每天早晨自己做饭,吃完后还给早起卖菜的妈妈送去。放学后还一边写作业一边帮着妈妈看摊算账,这是一个13岁少年的奋斗方式,为的是让妈妈尽可能地多省心少操劳。

大学毕业后,他到一家外企做了会计,工作兢兢业业。28岁那一年,他结婚了,婚后的他几乎不出去应酬,每天准时回家,和爱人一起做家务、准备晚餐。这是一个男人的奋斗方式，为的是让心爱的女人每一天都过的幸福。再后来，他有了一个女儿，女儿上幼儿园后，他每天负责接送。除了努力工作，他晚上还开始做起了自由撰稿人，用稿费换取女儿的零食和玩具。这是一个年轻父亲的奋斗方式。

人生，也许难得圆满，但只要带上爱出发，为了爱出发，再辛苦的路也是甜蜜的。也许，我们的工作很平凡，也许，我们的收入并不丰厚，但是因为倾注了所有的爱，这一切都显得那么美好。

5. 再试一次，别甘心就这么认命

有句老话叫作"命里有时终须有，命里无时莫强求"，对此我是不赞同的，因为在这个世界上，没有一个人的命运是真正可以被预测的，所有的预测不过是自卑者的自证预言罢了。

我们在成长的过程中，都会遭遇这样或者那样的困难、失败，所不同的是，有些人轻易地就选择了低头认命，而有些人则会一直不屈不挠地抗争。这一次不行，那就再试一次，即使再失败，没关系，还有下一次。人生，没有一帆风顺的航程，谁要想成功必须要具备这种永不放弃、永不认输的精神。

曾经，有一个年轻人去阿里巴巴应聘，而当时阿里巴巴并没有刊登招聘广告。见面试官疑惑不解，年轻人解释说自己是碰巧路过这里，就想来试试看。面试官觉得这个年轻人有点意思，就破例让他试试看。不过遗憾的是，这个年轻人表现得很糟糕。年轻人解释说，这都是因为他没有提前做好准备。

最后，面试官说："那你就等准备好了再来吧！"

一周以后，年轻人又来到了阿里巴巴，但这一次，他依然没有赢得面试官的认可。

在接下来的一年里，年轻人先后5次踏进阿里巴巴的大门，最后终于被录用了。现在，他是这家公司最优秀的销售员之一。

可见，失败可能一再阻碍着你前行的脚步，但再多迈出一步，也许就能与成功热情相拥了。我们应牢牢记住古老的成功法则，鼓励自己坚持下去，因为每一次的失败都会增加下一次成功的机会。

有句老话叫作"命里有时终须有，命里无时莫强求"，对此我是不赞同的，因为在这个世界上，没有一个人的命运是真正可以被预测的，所有的预测不过是自卑者的自证预言罢了。

也许，我们出生在普通人家；也许，在生命最初阶段里我们运气不佳，但所有这一切并不意味着我们必须要这样一路走到底。只要你不认命，你就会发现改变命运的机会，只要你肯坚持不懈地抗争，曙光就会出现在你面前。

演员郭晓冬，1974年生人，在考上北京电影学院之前，经历的完全是另外一种人生。那时，他是名副其实的北漂，为了维持生计，做过雕刻工人，养过虾，还当过邮递员、歌手、主持人等等。那个时候，没有人会对他满怀信心地说"你将来会是非常出色的演员"。但是他自己相信，只要努力坚持就一定能翻转命运。

第一次去考北京电影学院，一试就被刷了下来。在老师们的目光里，他看到是满满的怀疑。但是第二年，他又去了。这一次，他考上了，正式成为北京电影学院表演系本科生。2003年，其主演的电影《暖》获得第16届东京国际电影节最佳影片奖。2004年，获得第10届中国电影华表奖优秀男主角提名，并入围戛纳国际电影节最佳男演员奖等。2006年，在编剧王海鸰开拍的作品《新结婚时代》中扮演男主角何建国。2009年3月中旬，与香港演员陈慧琳、黎明、甄子丹共同主演的电影《江山美人》在全国院线首映。2014年11月26日，其参演的文艺电影《推拿》全球首映。

其实，那些拥有着令我们羡慕不已的光鲜人生的成功人士，如郭晓冬这样的演员也好，或者是如马云、俞敏洪等这些企业家也罢，他们在取得成功之前也都经历了一段平凡而艰难的奋斗历程，甚至是一次又一次的失败。

拿俞敏洪来说，他两度参加高考都以失败告终，但是他没有放弃，而是再试一次，结果他拿到了北京大学的录取通知书。在北大，他的人生仍然是灰色调的，因为英语口语差，他遭尽了白眼，内心的自卑有增无减。毕业后留校任教，当他的朋友们都纷纷走出国门留学时，他却因为"打着北大的名义办培训班"被北大轰出了校门。这个时候的他，颜面尽失，连一处安稳的住所也没有了。但他不甘心就这样认命，终于在英语培训的道路上找到了自己的春天。

面对命运的磨砺，放弃只需要一瞬间，坚持可能需要很多年。然而，所有在人生道路上取得显赫成就的人，靠的不是运气有多好，而是坚持有多远。

此刻，身处逆境但期待开创全新人生的你，是否做好了再试一次的准备？

6. 你只需努力，剩下的交给时光

我们不是缺少梦想，而是缺少一种默默努力的淡定精神。事实上，一个人越是急着要结果，他的内心越是浮躁，这就意味着他很难真正投入到这场为梦想而战的漫漫征途中。

有的人性子很急，今天努力，明天便急着要结果。也有人感叹苍天不公，同样都是付出了努力，别人收获了大好前程，为何自己一无所有？其实，每个人的起点不同，机遇也不同，我们不能奢望每一次耕耘都能满载而归。有句古话叫作"尽人事，听天命"，其实，你只需努力，剩下的就交给时光吧，相信时光不会亏待任何一个真正努力过的人。

艺术大师齐白石，1864 年生于湖南湘潭杏子坞。他家境贫寒，8 岁才入学读书，但读了不到一年便辍学在家。因为身体羸弱，家人想让他学一门手艺。于是开始跟着亲戚学木匠，但因为干不了重活，人家把他打发回家了。

16 岁时，齐白石投师到周之美门下，改学雕花木艺。这是一个精细活，需要的是耐心，齐白石一下就喜欢上了。有一次，齐白石随师傅外出做活，在一个主顾家里见到了一部乾隆年间翻刻的《芥子园画谱》，就是当时的绘画教科书。齐白石如获至宝，把书借回家，伴着油灯，用薄竹纸一幅幅地勾影，如痴如醉。半年过去，他一看，自己竟然画出了16大本。这为他后来的绘画打下了坚实的基础。

齐白石正式拜师学习绘画，已经是27岁了。这个时候，他是上有老下有小，全家人常常吃了上顿没下顿，过着十分凄苦的日子。也正是因此，他意识到自己不能像别人一样慢慢学，他一天当两天，甚至当三天四天用，拼命地学。再加上老师的悉心指点，很快，齐白石就进入了文人雅士的社交圈子。这个时候的他，画艺渐长，眼界渐宽，决定卖画为生。

57岁那一年，齐白石仍然是一个远近无名的画家。这一年，他阔别家人成为一个"北漂"。在北京，他靠卖画勉强维持生计，完全看不到人生的希望，但是他并不绝望，仍是努力地作画。幸而，他遇到了陈师曾。陈师曾对齐白石的画作大为赞赏，两人也很快成为莫逆之交。此后，陈师曾应邀去日本参加中日联合绘画展览会，携带齐白石花卉、山水数幅，供展览出售。没想到，画一挂出来，便销售一空。从此，齐白石的绘画艺术终于得到了世人的肯定。

不过，此时的齐白石并没有停下前进的脚步，而是开始了他长达10年的"变法之路"。从1920年到1929年间，齐白石闭门谢客，潜心研究，不断摸索适应自己才秉、气质和学养的艺术道路。就是在这10年之后，齐白石的艺术道路达到一个破茧而出、大放异彩的境界。

成名以后的齐白石，人人敬佩，但齐白石的成功之路，不可谓不漫长。不过，在这悠悠几十载的奋斗路上，齐白石一直是只问耕耘不问收获的，他相信水到渠成，也相信皇天定不会辜负有心人。

很多时候，我们不是缺少梦想，而是缺少一种默默努力的淡定精神。事实上，一个人越是急着要结果，他的内心越是浮躁，这就意味着他很难真正投入到这场为梦想而战的漫漫征途中。只有静下心来，才能全身心地付出，才能真正不断地提升自己。一个真正优秀的人，才配得上时光的馈赠。

在英国，有一个叫布里格姆的年轻人，22岁大学毕业后来到剑桥，希望能成为一名教师。选择这座城市，是因为他觉得这座城市因剑桥而变得底蕴深厚，能在这里做一名教师是无上光荣的。然而，他向多所中学发出求职简历，无一回应。他降低要求，把简历投向小学，结果还是一样。

没有工作，没有经济来源，他的生活陷入困境中，心情也糟糕透了。就在这时，他得知剑桥市要招聘一批清洁工，任务就是打扫大街，保持城市的洁净，给游客留一个好印象。他犹豫了许久，最后还是报名了。

当清洁工之初他觉得很不适应，毕竟这个职业和自己的教师梦想差距太大了。可是很快，他就喜欢上了自己的工作。因为在工作的间隙，他常常听街边的一些老人聊城市的历史以及许多秘闻。剑桥是一座古老的城市，有着深厚的历史积淀，但是很多东西已经少有人知道了，而这正是游客所需要的。耳濡目染的他，对这座城市的历史越来越了解。

　　一次，有几个游客向他问路，他不仅给游客指引了道路，还讲解了这条路的由来和历史渊源。游客一下被他生动的讲解吸引了，非要他当导游，他当然也没有让游客失望。由于他口才不错，加上对剑桥的热爱和理解，渐渐的，尽管他还是一个清洁工，却也是名声大震的一名导游了。以至于后来许多人来剑桥旅游，指名道姓让他来导游。不久，布里格姆获得了"蓝章导游"的资格，这是这座城市授予最优秀导游的荣誉。不仅如此，他还成了民俗博物馆的主席，获得了剑桥大学授予的"荣誉文学硕士"的殊荣。要知道，另一个获此殊荣是的比尔·盖茨。

　　这是一个多么激动人心的故事啊，一个清洁工靠着自己对城市的热爱，凭着自己不断学习的精神，神奇地蜕变成为一座城市最受欢迎的导游。时光何以对一个清洁工如此地盛情款待？不是因为别的，而正是因为他默默地付出和努力。下一次，当你羡慕别人的丰收之前，先问问自己付出了多少。

Huozai Dangxia,
Rang Meige Rizi
Dou Kanjian Huanxi

活在当下，让每个日子都看见欢喜

Chapter 10
一直走下去，全世界都会为你让路

1. 有些路啊，走下去才知道它有多美

当你踏上梦想的道路以后，沿途的那些风景，即便是经受的挫折、磨难也会变成你美好的回忆。时间会证明一切，会让你的人生更加精彩。

每个人都有属于自己的路，你有你的路，我有我的路。

然而，这个世界上根本就不存在唯一的路、正确的路或者是适当的路。当你选择好自己的路以后，坚定地走下去，眼睛不要只是盯着别人路上的一草一木，而错过了自己路上的满地鲜花。

有些路啊，走下去才知道它有多美！同样的一条路，有人悲伤，有人欢乐，关键就看你如何选择，如何坚持走下去。

有一个人常常出差，但又常常买不到坐票。可是不管长途还是短途，不管车上有多挤，他总能找到座位。

他的办法其实非常简单，就是非常耐心地一节车厢一节车厢地找过去。这个办法听起来并不怎么高明，但却十分管用。每一次，他都做好了从第一节车厢走到最后一节车厢的打算，可是每次他还没走到最后一节车厢就已经发现了空位。

他说："这是因为像我这样锲而不舍找座位的乘客实在太少了。经常是在我坐的那节车厢里还有一些空座位，而在别的车厢的过道与车厢接头处，居然人满为患。大部分的乘客

往往会被一两节车厢拥挤的表象所迷惑,不会考虑火车在数十次停靠期间,从十几个车厢上上下下的流动中蕴藏着不少提供座位的机遇;就算是想到了,他们也没有那份寻找座位的耐心。眼前小小的立足之地足以让大部分的人感到满足,为了一个座位背负着沉重的行李挤来挤去,有些人会认为不值。他们也害怕万一找不到座位,回头连个好好站着的地方也没有了。"

这其实与生活中一些满足于现状、不思进取害怕失败的人,永远只能停留在没有成功的起点上是一样的道理。那些没有耐心找空位的乘客往往只能在刚上火车时最初的落脚之处一直站到下车。

在任何事情上,如果我们背负着行囊一节车厢一节车厢地走过去,那我们拥有的就不光是一个座位那么简单了,而是一张人生之旅永远的坐票。

薛瓦勒是一名乡村邮差,他每天都要徒步奔走于各个乡村之间。一天,他在崎岖的山路上被一块石头绊倒了。他爬起来,拍拍身上的土,准备再走。可是他突然发现绊倒他的那块石头的样子非常怪异。他将那块石头拾起来,左看右看,有些爱不释手了。

于是,薛瓦勒把石头放在了邮包里。村民看到他的邮包里除了信之外,还有一块沉甸甸的石头,感到非常奇怪,大家好意地劝他:"把它扔了吧!你每天要走那么多路,这可是个不小的负担。"

他却拿出那块石头,炫耀着说:"你们谁见过这么漂亮的石头?"大家都笑了,说:"这样的石头山上到处都是,够你捡一辈子的。"

他回到家后疲惫地躺到床上,脑海中突然产生了一个想法,如果用这么漂亮的石头建造一座城堡那该有多迷人。于是,他每天在送信的途中寻找石头,每天都会带回一块,很快他就收集了一大堆奇形怪状的石头,但建造城堡还远远不够。于是他开始推着独轮车送信,只要他认为漂亮的石头就会装到车子上。

从此以后,他再也没有过上一天轻松的日子,白天他是一名邮差和一名装运石头的苦力,晚上他又是一名建筑师,他按照自己的意愿来建造自己的城堡。对于他的做法,大家都感到不可思议,觉得他的精神出了问题。

20多年的时间里,他不断地寻找石头,运送石头,垒积石头,在他的偏僻住处,出现了很多错落有致的城堡,有基督教式的,有印度神教式的,有清真寺式的……当地人都知道有这么一个性子偏执沉默寡言的邮差,在做一些类似小孩子筑沙堡的游戏。

1905年,法国一家报社的记者偶然间看到了这群低矮的城堡,这令他叹为观止。为此他专门写了一篇介绍薛瓦勒的文章,文章发表以后,薛瓦勒马上成了焦点人物。很多人都慕名而来,就连当时最具声望的毕加索也专程参观了薛瓦勒的城堡。

如今,这群城堡已成为法国最著名的风景旅游点之一,它的名字就叫作"邮差薛瓦勒之理想宫"。在城堡的石头上,薛瓦勒当年的一些刻痕还清晰可见,有一句话就刻在入口处的一块石头上:"我想知道一块有了梦想的石头能走多远。"据说,这就是当年绊倒过薛瓦勒的那块石头。

只要有梦想,谁都能了不起。当一块石头有了梦想以后,它就不甘于平庸地躺在泥土里了,它成了一座美丽的城堡。人又何尝不是?

当你踏上梦想的道路以后,沿途的那些风景,即便是经受的挫折、磨难也会变成你美好的回忆。时间会证明一切,会让你的人生更加精彩。有些路,看上去很难走,但只要是自己喜欢的,走下去就内心时刻欢喜,而且结果也往往会收获甜美的果实。

2. 梦想这条路,踏上了哪怕跪着也要走完

梦想是我们前进的目标与方向,越是困顿就越是显得可贵。不要舍弃自己的梦想,即便是在自己对自己的信心感到穷途末路的时候。只要认准了梦想,无论发生了什么,就算再艰难,也要留住梦想,不要停下追逐梦想的脚步。

马云在"阿里巴巴社区大会"上说过这样一段话:"初恋是最美好的,每个人第一次恋爱最容易记住,每个人初次创业的时候理想是最好的,但是走着走着就找不到这条路在哪里了,其实你的第一个梦想是最美好的东西……网络泡沫破灭时,那三十几家公司,我记得现在全部关门了,只有我

们一家还活着。我们是坚持初恋的人,我们是坚持梦想的人,所以能走到今天。"

马云是有梦想并为梦想而奋斗的人。世上除了马云这种人,还有另外两种人:有梦想却不为之奋斗的人、没有梦想的人。其中,有梦想却不为之奋斗的人占了很大一部分,他们总是在"说"梦想,而不去"做"梦想。

在4岁的时候,有一个叫尾田荣一郎的日本男孩对自己说:"我将来要成为一名漫画家。"为此,学生时代的他就已经开始创作自己的漫画。

为了锻炼画技,尾田荣一郎先后给甲斐谷忍、德弘正也、和月伸宏这三位漫画家做过助理。在给和月伸宏当助理的时候,他用空闲的时间创作了海盗题材的 *Romance Dawn*,这部漫画虽然没有刊载,却成了《海贼王》的雏形。

而现在《海贼王》单行本销量已逼近1亿本,从1997年到去年2014年年底,《海贼王》在全世界累计发行了3亿2086万6000本。这一数字让尾田荣一郎的《海贼王》夺下了无可争议的吉尼斯世界纪录,尾田荣一郎也登上了日本漫坛的巅峰。

从踏上梦想的那一刻开始,就要做好时时与挫折为伍、与困难为伴的心理准备。如果想要坚持下去,就必须要有矢志不移的强烈意愿。尾田荣一郎从树立梦想开始,就一直在为当漫画家的梦想而奋斗。而我们呢?却总是以实现梦想太难而放弃了梦想。

放弃自己梦想的代价,就是我们不能获得最大的幸福感。

那些没能坚持下来的人在未来的人生中总是会禁不住地想：如果……就会……假如你的梦想对你而言十分重要，那就全力以赴吧，就算失败了也不会有遗憾，可以对自己说：我真的已经尽力了。抛开一切束缚，去追求梦想吧。在有限的生命中，不要再舍本逐末。

山上有两块石头，第一块石头对第二块石头说："咱们一起去经历一下艰险坎坷吧，倘若能够搏一搏，也不枉来此世一遭。"

第二块石头听了后嗤之以鼻："我不去，何苦呢？安然坐在高处一览众山小，周围花团锦簇，实在是太幸福了！跟这个相比，谁会选择磨难？再说了，那路途上的磕磕碰碰会让我们粉身碎骨的！"

于是，第一块石头随着河流翻滚而下，历尽了大自然的各种磨砺，但它依旧义无反顾，毅然决然地在自己的路途上奔波。而第二块石头呢？在深山里享受着安逸，享受着周围花草簇拥的畅意抒怀。它觉得第一块石头实在是太傻了。

许多年过去了，饱经风霜的第一块石头已经成了石艺界的奇葩、人世间的珍品，被世人赞美称颂，享尽了人间的富贵荣华。第二块石头听说了以后，有些后悔当初为什么不跟第一块石头一起闯荡，现在它也想经历一番磨难，然后变成像第一块石头那样的珍品，可是一想到要经历那么多的艰险与磨难，甚至还有粉身碎骨的危险，它就又退缩了。

一天，人们为了更好地保存第一块石头，准备为它修建一座气势雄伟的博物馆，建造材料全部采用石头。于是，他们来到深山里,把第二块石头粉了身,碎了骨,给那块石艺界的奇葩盖起了房子。

两块石头,有着截然不同的命运,这恰恰折射出了人生不同的结局与归宿。第一块石头正如同那些不甘于平庸的人,他们有梦想,渴望实现梦想,为此他们历尽千山万水,冲过艰难险阻,最终到达了成功的彼岸。

梦想是我们前进的目标与方向,越是困顿就越是显得可贵。不要舍弃自己的梦想,即便是在自己对自己的信心感到穷途末路的时候。只要认准了梦想,无论发生了什么,就算再艰难,也要留住梦想,不要停下追逐梦想的脚步。

梦想是一定要有的。梦想这条路,踏上了哪怕跪着也要走完。不管路途有多遥远,不管我们背负了多少重担,一旦启程,就不要停下。

3. 人生不是短跑比赛,而是一场马拉松

人们对于成功秘诀的谈论实在是太多了,其实成功根本没有什么诀窍。成功的声音一直在芸芸众生的耳边萦绕,只是没有人理会它罢了,它反复讲的只有三个字——意志力。

人生不是短跑比赛,而是一场马拉松,拼的就是意志力。起跑线上暂时的落后并不可怕,因为更重要的竞争在于坚持跑下去的耐力。

在这个世界上,唯有一种东西能给人一生的尊严与荣耀,

那就是坚强的意志力。不同的意志力会造就不同的人生。而坚强的意志力可以给予人坚持下去的勇气，给人以信心，拥有这种意志力的人一定能取得成功。因为，整个世界都会为那些意志坚强的人让路。

一段马拉松，需要多少时间？对此，金栗志藏的回答是：55年。

在1912年斯德哥尔摩奥运会中，金栗志藏是首位参加马拉松比赛的亚洲人。

由于酷热难当，再加上体能实在不足以支撑跑完全程，金栗志藏在途中倒下了。他累倒在了一家瑞典人的花园里。花园主人见状，赶紧将这位东方的客人收留，用餐以后甚至留他在家里休息。醒来以后，金栗志藏带着未完成比赛的尴尬离开了斯德哥尔摩，悄悄地乘船返回了日本。

而与此同时，组委会却是另一番情景，他们因为"一个日本选手的离奇失踪"而焦头烂额。为了找到金栗志藏，组委会甚至找上了斯德哥尔摩当地的警察。

当然，这件事情被查了个水落石出，而金栗志藏也因此成了名人，几乎所有的瑞典人都知道有这么一个"半途而废"的日本人。

故事还没有结束，直到1962年，一名斯德哥尔摩的记者来到日本，寻找这位令人困惑的日本人，当时的金栗志藏在一所学校教地理。5年后，年已76岁的地理老师再一次返回斯德哥尔摩，回到那座奥运会运动场，慢跑着冲过了终点线。这下，所有人都松了一口气，55年前便开始的那场马拉松赛总算是完成了。

人类创造的奇迹，无外乎是对过去和自我的一种超越。55 年前，金栗志藏因为缺乏足够的意志，给人生留下了遗憾；55 年后，金栗志藏凭借坚强的意志力，以 76 岁的高龄跑完了全程。

意志力是什么？意志力是日复一日依旧对未来坚信不已，不只是今天，不只是这个星期，不只是这个月，而是年复一年的实际行动来实现自己所坚信的那个未来。你要相信你自己，当你用整个生命去相信的时候，你的命运已经发生了改变。

古往今来，凡成大事者都有超乎常人的意志力，也就是说，遭遇困境或遇到艰难险阻，常人难以坚持下去而选择放弃的时候，有作为的人往往能够挺住，挺过去了就是胜者。或许很多人会选择放弃。可是放弃的人永远只能活在别人的嘲笑当中，而那些选择坚持的人无论成功与否，都会受到所有人的尊重。

据传，有两个人向酒神学习酿酒。酒神告诉他们：用端阳那天饱满的米，与冰雪初融时清冽的高山流泉之水加以调和，注入千斤紫砂土铸成的陶瓮，接着用初夏第一张看见朝阳的新荷盖紧，紧闭九九八十一天，直到鸡叫三遍后方可启封，酒即成矣。

二人历尽千辛万苦，克服种种困难，终于找齐了所有的材料。他们按照酒神教的方法把酿酒的材料调和并密封好，等待那激动人心的时刻的到来。

终于，第八十一天到来了。两个人整夜没有入睡，就为等鸡叫的声音。

这时远远地传来了第一声鸡叫，好像过了很久很久，依稀传来了第二声鸡叫，第三声鸡叫什么时候才能传来呢？

其中一个人等不及了，他没等第三声鸡叫就打开了陶瓮，只见里面是一汪浑水，酿出的酒又酸又涩，他十分后悔，失望地将酒洒在地上。

而另外一个人，尽管内心好像有一把火在燃烧一样，让他忍不住想要伸出手，但他还是咬咬牙，坚持到了第三声鸡叫的时候。他打开陶瓮，酿出的酒原来是如此的甘甜清澈、沁人心脾！

第二个人的酒酿成功了，与第一个人相比，他只是多等了一声鸡鸣而已。

许多时候，失败者之所以会失败，并非输在能力与机遇上，他们之中也不乏艰苦的劳作和智慧，而是输在了意志力上。在两个其他条件都相同的人中，意志力的强弱，往往决定了一个人是否能够走得更远。与失败者相比，成功者仅仅是多了一点坚持和忍耐，有的时候是一年，有的时候是一天，有的时候仅仅只是一声鸡鸣。

人们对于成功秘诀的谈论实在是太多了，其实成功根本没有什么诀窍。成功的声音一直在芸芸众生的耳边萦绕，只是没有人理会它罢了，它反复讲的只有三个字——意志力。无论是谁，只要听见了这个声音并且用心去体会，就能获得足够的能量去攀越人生的巅峰。

4. 每一次的跌倒，都为了更好地看清楚脚下的路

失败不是跌倒，而是跌倒了再也爬不起来；失败也不是世界末日，因为一次跌倒并不能因此而致命。一次次地跌倒，一次次地反省，一次次地爬起来，才能看清脚下的路，才能一次又一次地战胜自己。

有一位年轻人行走在暴风雨中，路面十分泥泞，就在途中跌倒了，他爬起来继续向前走，可没过一会儿又跌倒了。几经反复，他终于趴在地上不再起来，还自言自语道："就算爬起还要再跌倒，干脆趴在地上算了。"

一个人不可能永远都一帆风顺，倘若跌倒了，就不再起来，那这辈子就什么事也干不成。而那些跌倒了再爬起来的人，总会有到达胜利巅峰的那一天。

让我们来看看一个人的简历：

9岁时，母亲去世。

22岁时，经商失败。

23岁时，竞选州议员落选。

同年，工作没了。想就读法学院，但没有获得入学资格。

24岁时，向朋友借钱经商。

同年年底，再次经商失败。接下来，他用了16年的时间才把债还清。

25岁时，再次竞选州议员，这次他赢了。

26岁时，订婚后即将结婚的时候，未婚妻死了。

27岁时，精神完全崩溃，卧病在床6个月。

29岁时，争取成为州议员的发言人——没有成功。

31岁时，争取成为选举人——落了。

34岁时，参加国会大选——又落选了。

37岁时，再次参加国会大选——这回当选了。

39岁时，追求国会议员连任，失败。

45岁时，竞选美国参议员，落选。

47岁时，在共和党内争取副总统的提名——得票不足100张。

51岁时，当选为美国第16届总统，成为历史上最伟大的总统之一。

这个人就是林肯。林肯自生下来就一无所有，他一生中跌倒了许多次，他也曾经感到绝望，但他还是一次次地爬了起来。在竞选参议员落败后，林肯曾说过这样一句话："此路艰辛而泥泞。我一只脚滑了一下，另一只脚也因而站不稳；但我缓口气，告诉自己，这只不过滑了一跤，并不是死去而爬不起来。"

每个人都会跌倒，可不一样的是，有的人跌倒了还能坚强地站起来，他无疑是个强者；有的人跌倒了却再也爬不起来，他无疑是个懦夫。

这个世界上，其实根本就没有所谓的强与不强。倘若你被一棍子敲蒙后，就倒地不起，别人只会更加嘲笑你，而你自己也会把挫折当成失败，甚至没有追求胜利的勇气。可是，倘若你从哪里跌倒就从哪里爬起来,就会比原来站得更稳、更牢。那么,你就是人生的赢家。

1882年,梅西出生于波士顿,年轻的时候曾出过海,后来开了一间小杂货铺,卖些针线,不久铺子就关门大吉了。一年后,他又开了一家小杂货铺,仍以失败告终。

在淘金热席卷美国之时,他在加利福尼亚开了一个饭馆,觉得为淘金客供应膳食有利润可赚,不曾想大部分淘金者一无所获,什么也买不起,如此一来,饭馆倒闭了。

梅西回到了马萨诸塞州,满怀信心地做起了布匹服装生意,但这一次他不仅仅是生意倒闭,而是彻底破产,赔了个精光。

梅西没有死心,他又去新英格兰做布匹服装生意。这一次,他终于时来运转了,他的买卖做得十分灵活,甚至将生意做到了街上商店。第一天开张时账面上收入仅仅有11.08美元,而如今位于曼哈顿中心地区的梅西公司早已成为世界上最大的百货商店之一。

每一次的跌倒,其实是为了让你更好地看清楚脚下的路。人总是将成功看得很重,而夸大了失败的影响。失败不是跌倒,而是跌倒了再也爬不起来;失败也不是世界末日,你不会因为一次跌倒而致命。一次次地跌倒,一次次地反省,一次次地爬起来,一次又一次地战胜自己,如此你便拥有了人世间最宝贵的精神资源,从此你变得富有,变成了一个战无不胜的将军。

5. 心浮气躁和心烦意乱的时候，更要坚持一步一个脚印

心浮气躁的心态是一个人成功路上的毒瘤，一定要剔除。在追求成功的过程中，容不得半点浮躁的心态。因为成功不是一蹴而就，而是饱含着进取者的汗水和心血。

在当前社会，心浮气躁这个问题是越来越严重了。这种心态让很大一部分人不能够静下心来，持之以恒地做事。他们今天做这个，明天做那个，后天又去做其他的事情，三心二意，见异思迁。他们恨不得当天播种当天就能收获，甚至不播种就能收获。比如，刚走出大学校门的学生，工作没几年，就会想到车子、房子，想应有尽有，像成功人士一样，却不想想，那些成功者奋斗了多久。

人在做事时想要尽快看到结果，这种心情是可以理解的。但是，我们也要明白欲速则不达的道理。无论做什么，都是一个不断积累的过程。若想到达最高处，就要先从最低处开始。

曾有一个农夫，在院子里种下了两粒种子，很快它们变成了两棵同样大小的树苗。第一棵树从一开始就立志长成一棵参天大树，因此它拼命地从地底下吸收养分，储备起来，用以滋润身体的每一个细胞，盘算着如何向上生长，完善自身。也正是由于这个原因，在最初的几年里，它并没有开花

结果，这让农夫大为恼火。而另外一棵树同样在拼命地从地底下吸取养分，想要早日开花结果，它确实做到了这一点。这让农夫很欣赏它，并常常浇灌它。

时光飞逝，那棵久不开花结果的大树由于身强体壮，养分充足，终于结出了又大又甜的果实。而另外一棵过早开花的树，却由于还没有成熟，就承担起了开花结果的任务，因此结出的果实又苦又涩，十分难吃，一点都不讨人喜欢，而它自己也因此累弯了腰。农夫诧异地叹了口气，拿出斧头，走到第二棵树跟前，将它砍倒，当柴烧了。

由此不难看出，急于求成只会导致最终的失败，因此我们不妨将目光放得长远一些，平日里注重自身的积累，厚积而薄发，自然会水到渠成，实现自己的目标。急于求成，恨不能一日千里，往往事与愿违，大部分的人都明白这个道理，却总是与之相悖。

做什么事情都是如此，不能仅凭着自己的想法去做事，一味地追求速度而忽略其他的问题。否则，浮躁只会成为你成功路上的绊脚石，不会让你获得你想要的结果，只有脚踏实地才能获得最终的成功。

恐怖小说作家史蒂芬·金，曾在成名之前做过熨衣工人，住在拖车房中，每个月工资只有240元。

他渴望成为作家，因此他在晚上和周末都不停地写。他把原稿寄给出版社，可不久后作品就被退回了。退稿信十分简短，很公式化，他甚至怀疑出版商是否真的看过他的作品。

一天，史蒂芬·金看了一部小说，这部小说让他想到了自己的一部作品。他将这部作品的原稿寄给那部小说的出版商，对方又把原稿交给了皮尔·汤姆森。

几周后，史蒂芬·金收到一封信，寄信人就是汤姆森，信中提到原稿有很多瑕疵。不过汤姆森认为他有成为作家的希望，并鼓励他再试试看。在此后一年里，史蒂芬又给出版商寄去过两份原稿，但都被退了回来。他开始试写第四部小说，不过迫于经济压力，他开始放弃希望。

一天深夜，史蒂芬·金将原稿扔到垃圾桶里。第二天，他的太太把它捡了回来。"你不应该半途而废，尤其在你快要成功的时候。"太太说。

史蒂芬·金看着自己的作品发愣。也许他已不再相信自己，但他太太却相信他会成功，还有从未见过面的汤姆森也相信他会成功。为了太太，他决定每天写1500字。写完小说以后，史蒂芬·金把它寄给出版社，他认为自己这次又失败了。

可是他错了。出版社预付了2500美元给他，就这样史蒂芬·金的第一部经典恐怖小说《魔女嘉莉》诞生了。这部小说后来畅销500万册，并拍摄成电影，成为1976年最叫座的电影之一。

在哲学的范畴里，我们知道只有量变才能引起质变。而对于成功的人生来说，只有不断夯实自己的每一步，才能不断地接近自己的梦想。厚积而薄发，不是消极的等待，而是水到渠成的一种从容，更是大智若愚般的智慧。

心浮气躁的心态是一个人成功路上的毒瘤，一定要剔除。

在追求成功的过程中，容不得半点浮躁的心态。因为成功不是一蹴而就，而是饱含着进取者的汗水和心血，只有苦尽方能甘来。所以当我们心浮气躁和心烦意乱的时候，更是要坚持一步一个脚印。

6. 只要平实地做下去，自会水到渠成

梦想选定了，就一直做下去，从不间断。只要平实地做下去，自会水到渠成，功德圆满。所谓的好运气，其实就是一直一直走下去，直到成功为止。

凡事欲速则不达，所谓成功之道，就是循序渐进、一步一个脚印地走好，走稳。

事物的成长都有个过程，就像无论父母多么期盼小孩子长大，他们也不可能在一天之内就变成父母所希望的那个样子，他需要学翻身，学会爬，学走路，学说话，学奔跑……总之，在不断的学习中，他才能一点点地长大。就像考大学，你要经过小学、初中、高中的学习，积累了足够的知识，才能参加高考，不能连幼儿园都不用上，就直接跳级跳到研究生。道理大家都懂，但在实际生活中，我们总是犯急切冒进的错误。

从前有一个国王，生了一个女儿，对她非常钟爱，希望她能立刻长大。于是就去叫来一个医生，和他商量说："你是不是可以给我一种药，使我女儿立刻长大？"医生回答说：

"良药是有的，我一定办得到，但我要到很远的地方去采取，要求国王答应我一个条件，那就是在我采药期间，你不要去看公主，等我回来给她吃了药，你才可以再见她。"国王答应了。医生就到远地去求药。经过十二年的时间，医生说是找到药回来了。公主吃了药以后，就由医生领她去见国王。国王见公主已长大了，很是欢喜，对医生说："你真是一个好医生呀，我的女儿吃了你的药，立刻长得这样大了！"说后，并命令左右侍臣赏赐给这个医生很多财宝。当时的人都笑国王无知，竟不知道算一算他女儿的年龄。

梦想选定了，就一直走下去，从不间断。只要平实地去做，自会水到渠成，功德圆满。那些不肯持之以恒，踏实用功，希求速效的人，正像国王一样的愚蠢可笑。

成功学中有一个"蘑菇定律"，简单来说就是大多数人刚开始工作或创业时，都像一株被置于阴暗角落的蘑菇，或者被人忽略，或者不受人重视，弄不好还被人有意无意地踩上一脚（各种挫折）。但这没什么不好，当上几天"蘑菇"，经历一些挫折，能够消除很多不切实际的幻想，让我们更加接近现实，更加理性、踏实地去追求，去努力。"蘑菇"的经历对一个人的成长来说，就像蚕茧，是羽化前必须经历的痛苦过程。

我们都学过那篇古文：舜发于畎亩之中，傅说举于版筑之间，胶鬲举于鱼盐之中，管夷吾举于士，孙叔敖举于海，百里奚举于市……最后作者孟子得出了一个结论——生于忧患，死于安乐——这当然没得怀疑，但我们稍微转换一下视角就可发现，这些古代著名成功人士在成功之前也都做过"蘑菇"。这样一想，你还有什么不开心的呢？

当然，这不能从本质上解决问题。养心固然重要，但是再怎么开心的"蘑菇"终究还是"蘑菇"。不想想怎么突破现状，你恐怕真的要死于安乐了。

如何突破呢？无他，心态上我们一定要学会知足，但在行动上我们永远都不能知足。很多年轻人刚刚走出校园时，总是对自己抱有很高的期望，认为自己一开始工作就应该得到重用，就应该得到相当丰厚的报酬。但众所周知，由于刚刚踏入社会的人缺乏必要的工作技能和相关经验，根本无法委以重任，薪水自然也不可能很高，于是他们就有了许多抱怨。一旦得不到重用，工资也达不到他们的预期，在象牙塔里编织的梦想立即就会破灭。信心也没了，热情也没了，工作上能应付就应付，能少做就少做，最终破罐子破摔，平庸一生。因此，无论是谁，刚起步时都必须消除不现实的幻想，必须意识到没有任何工作是卑微的。即使有些工作确实有些不体面，但三百六十行，行行出状元，我们之所以没成为状元，甚至没成为秀才，根本原因还在于我们努力得不够，在于我们不够强大。

美国有一句谚语：想让火鸡崇拜你，那就把自己练得像鸵鸟那么大。我们则说，想让别人注意你，重用你，让成功青睐你，那就先把自己变成一株足够大的"蘑菇"。

俞敏鸿创建新东方，经过了电线杆贴条招生、租用漏雨的破教室、免费让学生来听课这样艰苦的过程，才一步步发展成今天庞大的教学体系，发展成巨大的教育集团；鲁冠球刚开始创业没有政策支持，他就去火车站拣煤渣、走街串巷收废铁；李嘉诚刚开始办塑胶厂一人身兼数职，别人干 8 个小时他就干 16 个小时……你可以期盼任何一件事情，但对于成功，永远都不要指望能够摆脱奋斗的过程。只有过程的积累，才有最后的成果。只要平实地做下去，自会水到渠成。所谓的好运气，其实就是一直一直走下去，直到成功为止。

7. 在自己的世界坚定前行

人，一定要做自己想做的事情。只有做自己想做的事，你才能从中体会到快乐，也才会变得更加努力。一个人只有在属于自己的世界里，才能释放生命内在的潜能，才能完成上天赐予的与生俱来的天赋。

每个人想过的人生都不一样，最重要的是找到一条自己喜欢并愿意走一辈子的路。走一条自己想走的路，不要盲目地听别人说什么，也不要盲目地跟随别人做什么，因为他们不是你，他们不知道你内心真正想要的是什么。

即便每个人都反对你，也一定要走自己想走的路，遵从自己内心的声音，其实这才是你的全世界，才是真正对自己负责任。曾经听过这么一句话："早上叫醒我的不是闹钟，而是梦想。"而这个梦想，就是你内心真正的声音。

迈克是一个非常淘气的男孩，他烦透了枯燥乏味的读书生活。由于学习成绩差,老师的训斥与同学的嘲讽更是家常便饭。妈妈为此伤透了心,不得不把"望子成龙"变成了"望洋兴叹",觉得迈克再也没有什么前途可言了。

迈克虽然学习成绩不好,却有一手绝活,不管什么石块、木头,只要经过他的手,就会变成一个个非常讨人喜欢的小玩意儿。看着迈克每天"不务正业",妈妈让他退了学,找了家工厂去打工。在打工的时候,迈克依旧是个雕塑爱好者,经常为了雕刻一个小物件而忙到凌晨两三点钟,在第二天工作的时候哈欠连天。可怜的妈妈因此常常泪水涟涟,她实在是太担心儿子的将来了。

令人意想不到的是,整天不务正业的迈克,后来竟成了轰动一时的雕塑大师,因为他在市政府组织的一场雕塑大赛中获得了唯一的特等奖。出于对这位雕塑天才的尊重,市政府还专门把他的作品放大,安置在了市政大楼前的广场上。

面对这一结果,失望了二十多年的妈妈瞠目结舌。

是啊,你最喜欢做什么,能做什么,只有你自己最清楚。按照自己内心的真实意愿去选择人生道路,你才有可能做最棒的自己。

当你真正有了梦想之后,就要全力以赴守住自己的梦想。因为周围总是有反对的声音,他们甚至会嘲笑你的梦想,他们想把你变成跟他们一样的人。但你要坚信,只要心中怀有梦想,你就会与众不同。

我曾看过这样一个段子:有两个少年在厕所邂逅,其中一个少年找另一个戴帽子的少年借点儿手纸。从厕所出来以后，借手纸的给戴帽子的点了一根烟，以示谢意。于是，两人一边走一边聊。

戴帽子的少年说："最近父母逼着我学钢琴，可我怎么都弹不好，太郁闷了！"

借手纸少年诧异地说："钢琴很容易学。我从五岁开始弹，现在越弹越好。倒是我父母老逼着我写诗，太烦人了！"

戴帽子的少年一听乐了，从背着的书包里拿出一摞稿纸："我平时就爱写诗，喏，这些全部都是，不行你就拿这些向你父母交差去。"

关键在结尾处，原来这个不喜欢弹琴的就是大诗人歌德，而不爱写诗的是莫扎特。

人，一定要做自己想做的事情。只有做自己想做的事，你才能从中体会到快乐，也才会变得更加努力。一个人只有在属于自己的世界里，才能释放生命内在的潜能，才能完成上天赐予的与生俱来的天赋。

我们每个人的时间都是有限的，所以一定不能轻易浪费它，不能生活在别人的世界里。不要被一些条条框框所束缚，不要依照他人的想法来生活，更不要让他们的观点淹没了你自己内心的声音。人生最怕的就是迷失，遗忘了自己的世界，在别人的世界中走来走去。

有时候，你的内心已经告诉了你，将来想要成为什么样的人。最关键的是，你要有勇气遵从你的内心，在自己的世界坚定前行。

Huozai Dangxia,
Rang Meige Rizi
Dou Kanjian Huanxi

活在当下，让每个日子都看见欢喜

Chapter 11
努力到把自己都感动的时候，就离成功不远了

1. 强者都是含泪奔跑的人

我们要坚信，吃过的苦，受过的罪，掉进的坑，走错的路，都会练就一个独一无二的坚强的自己。无论遇到什么事情，多找方法，少找借口，真正的强者都是含泪奔跑的人。

二十年前你是谁，十年前你是谁，一年前你是谁，甚至上一刻你是谁，这些都不重要。重要的是，这一刻你是谁，未来你是谁。

人生是很苦很累的，如果你现在不苦不累，那你将来肯定会更苦更累。只有苦过，才能得到甜头；只有累过，才会得到清闲。做什么事都是如此。很少有人能一步到位，一举成名。那些取得了成功的人，哪一个不是历尽艰辛，经过了各种阻碍才取得的？

马克·吐温从商人转向文人以后，才华迅速展露了出来，并因一本《卡拉维拉斯县驰名的跳蛙》而声名鹊起，一下子由原来的穷困潦倒变成了腰缠万贯。这不仅仅鼓舞了大量热爱写作的人更加坚持自己的梦想，同时也吸引了一些不求上进但自以为是的年轻人投入写作，而罗杰尔就是当中的一个。

不得不说，罗杰尔在写作上确实没有天赋，但是他总是自信满满，觉得自己天生就是当作家的料。在遭遇多次退稿之后，骄傲的罗杰尔认为自己的作品无人能欣赏，于是他把退稿连同一封信一起寄给了马克·吐温，并在信的末端写了这么一段话："听说，磷十分补脑，而鱼骨是含磷最丰富的东西，因此我每天都吃鱼，为的就是早日成为像您那样的大作家。请问您吃了多少鱼？吃的是哪一种呢？"

马克·吐温看了这位年轻人的稿子又看了信之后，感到哭笑不得，于是便提笔给这位年轻人回了一封极短的信："照你的稿子看，你得吃一对鲸鱼才行。"

除了努力之外，成功没有捷径可走。倘若放弃努力，改为追求成功的捷径，不但舍本求末，而且愚昧无知。试想一下，如果吃补品就能变聪明，那世上还会有庸人吗？

我们常常羡慕那些成功者，我们看到的只是他们成功后的风光，却没有看到他们为之付出的努力、汗水和泪水，过程中的曲折有时候更是我们无法想象的。

克尔曾经是一名报社的职员。刚到报社当广告业务员的时候，他对自己很有信心，他向经理提出不要工资，只按广告费抽取提成。经理答应了他的请求。

接着，克尔列出一个名单，准备去拜访那些很难搞定的客户。报社其他的业务员一致认为那些客户是不可能跟他们合作的。

在去拜访那些客户之前，克尔将自己关在屋里，站到镜子前，把名单上的客户大声念了10遍，然后对自己说："在月底之前，你们会向我购买广告版面。"

Chapter 11

他满怀信心去拜访客户，第一天，他和20个"不可能的"客户中的两个谈成了交易；在第一个星期的另外几天，他又谈成了3笔交易；到第一个月的月底，"不可能"的客户中只有一个还不买他的广告。

第二个月，克尔并没有去拜访新的客户，每天一大早，只要那个拒绝购买广告版面的客户的商店一开门，他就进去请这个客户做广告，而每一次，这位客户都会回答说："不！"每当这个客户说"不"的时候，克尔就好像没听到一样，然后继续前去拜访。到那个月的最后一天，对克尔已经连着说了30天"不"的客户说："你已经浪费了一个月的时间来让我购买你的广告，我现在想知道的是，你为什么要坚持这样做。"

克尔说："我并不觉得自己在浪费时间，我在上学，而你就是我的老师，我一直在训练不向困难低头的精神。"那位客户点点头，接着他对克尔说："我不得不承认，我也等于在上学，而你就是我的老师。你已经教会了我在困难面前坚持到底这一课，对我而言，这比金钱有价值多了，为了向你表示我的谢意，我决定购买一个广告版面，当作我付给你的学费。"

面对困难，不屈不挠，只有这样才能取得最后的成功，我们每个人都应该像克尔这样，面对挫折坚持不懈，在挫折面前再坚持一下。

人的一生总要疯狂一次，不管是为一个人，一件事，或者是一个梦想。在努力的过程中，我们要敢于背上超出自己预想的包袱，努力之后，我们就会发现原来自己要比想象中优秀很多。我们要坚信，吃过的苦、受过的罪、掉过的坑、走错的路，都会练就一个独一无二的坚强的自己。无论遇到什么事情，多找方法，少找借口，真正的强者都是含泪奔跑的人。

从这一刻起，不要再为自己的不成功而纠结。就算是一个成功的人也会遇到困难的事情，也有不成功的时候，他们并非没有眼泪，而是含着泪依旧奔跑的人。任何事情，坚持坚持再坚持，你定会看见最坚强、最优秀的自己。

2. 在最深的绝望里，你会遇见最美的意外

绝望与希望距离很近，仅有一步之遥。当我们感到绝望的时候，勇敢地向前跨出一步，会看到希望就在自己的足下。绝望的终点其实就是希望的开始。就好像黑夜的结束就是黎明的到来。

人生的道路是坎坷的，难免会遇到天灾人祸，从而使自己处于绝境当中。面对绝望，我们选择放弃，还是坚持呢？我想答案是肯定的。

兵法有云：置之死地而后生。如果选择鼓起勇气，战胜困难，那么就会看到希望，就如黎明前看到曙光一样。

兄弟二人一起外出经商。不幸的是，在半途中遇到了劫

匪，他们身上的钱财被洗劫一空。归途遥遥，兄弟二人绝望极了。

经一位好心人指点，兄弟二人去了大佛寺，找智禅法师寻求帮助。他们跪拜在智禅法师面前，把遇到劫匪的事情全部告诉了智禅法师。

智禅法师说："你们一定很绝望？"他俩点了点头。

智禅法师又问："被抢去的钱物能自行回来吗？"他俩摇了摇头。

智禅法师说："摆在你们面前的有两条路，一条是绝望，另一条是希望。如果你们选择的是绝望，那么劫匪抢去的就不仅仅是你们的钱物，还有精神，那样失去的代价未免也太大了；如果你们选择希望，那么劫匪抢去的只不过是一点钱物，只要心存希望，一切都可以重来。"

后来，智禅法师知道他们兄弟会木匠手艺，就留他们在寺里修缮那些陈旧的门窗和木龛。

几天后，智禅法师给了他们回乡的盘缠，二人感激万分。智禅法师却平静地说："这是你们应得的报酬，不是吗？只要选择了希望，就一定有路可走。"

不管我们遇到了什么样的挫折，脚底下都会有两条路：一条是绝望，一条是希望。只要我们选择了希望，就一定有路可走！绝处逢生不是奇迹！

因此，当我们看不到太阳的时候，就想着还能看见月亮；当我们看不到月亮的时候，就想着还能看见星星；当我们看不到星星的时候，就想着还能看见灯光，这就是希望。有的人之所以看不到希望，就是因为走不出自己的心魔。而一旦走出了心魔，就会柳暗花明又一村。

明朝末年，史学家谈迁经过二十多年的努力写作，终于完成明朝编年史——《国榷》。谈迁相信，《国榷》一定能流传千古。

然而，谈迁没有高兴多久，就发生了一件意想不到的事情。一天深夜，小偷潜入他家偷东西，看到家徒四壁，无物可偷，觉得锁在竹箱里的《国榷》原稿是他家值钱的财物，于是就将整个竹箱偷走了。从此以后，这部原稿下落不明。

二十多年的心血转眼之间化为乌有，这样的事情对谁来说，都是致命的打击。对于年过五十，头发已开始花白的谈迁而言，更是一个无情的重创。可是谈迁很快从绝望中走了出来，并下定决心从头开始撰写这部史书。谈迁呕心沥血十年，又一部《国榷》诞生了。新著的《国榷》共104卷，约430万字，内容比丢失的那部更加翔实精彩。谈迁也因此而名留青史。

所有的努力付诸东流，无疑是令人绝望的事情。但我们要坚信命运在为我们关闭一扇门的同时，一定会给我们开启另一扇窗。绝望与希望距离很近，仅有一步之遥。当我们感到绝望的时候，勇敢地向前跨出一步，就会看到希望就在自己的足下。绝望的终点其实就是希望的开始。就好像黑夜的结束就是黎明的到来。只要我们熬过黑夜，就一定能迎来曙光。我们坚信——在最深的绝望里，总能遇见最美的意外。

3. 你必须很努力，才能看起来毫不费力

成功者的桂冠，是用荆棘编制而成。这个世界的游戏规则从来没有不劳而获。每一个成功者光鲜的背后必有不为人知的心血和汗水。

在生活中，我们总是会羡慕这个，羡慕那个。在旅游的时候，我们总是会羡慕那些毫不犹豫就将自己喜欢的纪念品打包的人；在雪天开着二手车缓缓挪移的时候，我们总是会羡慕那些开着越野车从我们身边飞驰而过的人；在超市买打折物品时，我们总是会羡慕那些不假思考就将优质牛排放入购物车的人……

是的，我们总是羡慕别人，他们好像干什么都毫不费力。然而，我们往往只看到别人开出的绚烂花朵，却不知道，他们在开花以前，曾往黝黑的泥土里扎了多深。

曾看过一篇《真实记录14个孩子的50年不同人生》的文章。文章主要讲述了英国14个不同阶层家庭孩子的生活。从中可以发现一个规律，中产阶层和富裕人群的孩子，到了50岁依旧能保持较好的身材与容貌；而社会底层人的孩子到了50岁时身材大多肥胖或者秃顶，而他们的妻子也大多臃肿

不堪。文中还提到这样一段话：

人人都只看到了他们与生俱来的优越的家庭教育资源和社会环境，除了更好的生活品质和生活习惯，其实在体型的背后更是他们的家庭赋予的某种自律自强的精神。我们看到的只是身材，然而身材的背后映射的是更多内涵。因此我们对那些能长年保持自己体型的人，那些坚持不懈朝着自己目标奋进的人，由衷地表达自己的敬意，在背后，他们付出的辛苦或许是我们所不能设想的。

我们的周围生活着这样一群人，他们努力工作，尽情享乐。可能我们眼中只看到了后者，但真相却是：必须非常努力，才能看起来毫不费力。

这群人严于律己，做起事来有条不紊。他们每天五点多就起来锻炼身体，此时的你在睡觉；七点开始享受丰盛的早餐，让新的一天有一个好的开始，当他们收拾妥当准备投入工作的时候，你还在睡觉；他们利用上午的高效时间完成了一个又一个任务，甚至还会发现新的商机，当中午即将到来时，他们伸伸懒腰，准备休息一会儿，这时你终于从被窝中爬了出来。

他们的午餐不讲究排场，但营养均衡，而你也在起床后感觉到了饿意，你草草地洗了把脸，连牙都懒得刷，打开冰箱，拿出了一堆垃圾食品；午休过后，他们再一次积极地投入到工作当中，而你也终于吃饱喝足，坐到了电脑跟前。是的，你的一天开始了。

晚上下班回到家,他们也坐到了电脑跟前,可能是为了做白天没有做完的工作,也可能是因为前两天刚报了一个网络课程,此刻你还沉浸在网络游戏中。终于晚上十点了,他们放下了手头工作,可能会练练乐器,也可能去书架上找一本书看,也可能会上床睡觉。当然,在入睡前他们会回想自己今天都做了什么,有什么收获。最后,他们会再一次提醒一下自己那个埋在内心深处的梦想,然后就进入了梦乡。此刻的你却还在等待游戏升级,你的一天才刚刚开始精彩。

到了后半夜,你终于感觉到了困意,不得不关掉电脑,身上已经散发出了味道,你却不愿意去洗个澡,直接爬上乱糟糟的床。你心里其实很清楚自己的身边有这么一群人,可是你却无法真真切切地感受到他们的存在。直到有一天,你和他们邂逅了,他是老板,你是个普通的打工仔。他们周游世界,读你理想中的大学,过你想过的生活。可是这跟你有什么关系呢?事情已然如此,你只不过是一个电脑荧光照射下的普通人而已。

如果你也想像他们一样,那就收起你的懒散。因为,你必须很努力,才能看起来毫不费力。

4. 当你真正忙起来,就不会感觉自己在变老

人生永远没有太晚的开始,只有虚度的人生。如果你决定从现在开始,并且每天让自己忙碌起来,在忙碌中忘记时

间的流逝,在忙碌中把自己感动,让自己感到满足,那么,这就是一种成功。

有些人还很年轻,但没有激情,就觉得自己已经老了;有的人年寿虽高,但心力旺盛,精神饱满,仍感觉老当益壮。没有时间老,其实就是心中没有老的观念,孔子亦说过:"其为人也,发愤忘食,乐以忘忧,不知老之将至。"

大智是佛光禅师的门下弟子,他在外参学了20年,有一天他终于回来了,刚一到寺院,马上就去见佛光禅师,向他诉说这20年来的心得,以便能得到佛光禅师的指点。佛光禅师非常耐心地听他倾诉,眼神中充满了爱怜之情。

之后,大智问佛光禅师:"禅师,这20年来,您一直在忙些什么呢?"

佛光禅师道:"我每天讲学、说法、写经,我感觉每一天都很美好,每一天都很充实,很快乐。"

大智说:"禅师,您这样太劳累了,要多注意休息呀,要多照顾您的身体,要不然您会老的。"

佛光禅师说道:"我没有时间觉得老呀!白天,我对一批批来礼佛的信众开示,讲说佛法,回到禅堂还要批阅学僧的书信,除此之外还要写经。每天总有忙不完的事,我哪里有时间觉得老呢?世人有的还很年轻,但心力衰退,就觉得老了;有的年寿已高,但心力旺盛,仍感到精神饱满,老当益壮。"

清晨，佛光禅师的禅房中传来一阵阵诵经的木鱼声，大智被禅师这种孜孜不倦的精神感染了，耳边又传来禅师的话："没有时间老！"这种面对生活的态度实在是令人敬佩！

人生不过百年，而百年不过一梦。仔细说来，我们常常为时间烦恼着。年幼的时候我们希望时间快快地过去，让我们可以快快地成长。但是当时间在我们不经意间已经溜走了一年又一年，我们才开始担忧时间的脚步太快。似乎总是这样一种情形，我们越觉得自己老，时间越是走得飞快。

曾有一位老者，白发苍苍，有人问他高寿，他答4岁，大家惊讶，他说："过去70年，都为自己，自私自利的生活毫无意义，这4年来才懂得为社会大众服务，觉得非常有意义，所以才说活了4岁。"没有时间老，很好，不能阻止自己老的话，做个4岁的老翁，也很有意义。

女人们在一起，谈论最多的是哪款化妆品能延缓衰老，哪种营养品能留住青春，其实这些东西都是无能为力的。时间是残酷而无情的，任何手段都无法抹除岁月的痕迹，如果说有什么驻颜术，那就是良好的心态，把80岁当成18岁来活。

许多无所事事的年轻人，当日子过得太空虚时，就会无聊到时时注意自己在时间中一分一秒在变老。而那些生活充实的人们，哪有多余的时间来想着自己未老先老的心境呢？六七十年的时间，看似很长，可其实又何其短！我们不能赤裸裸地来，赤裸裸地走，虽然我们不能做出什么惊天动地的大事来,但在平凡的工作中,一样能把人生过得充实而有意义。

热爱今天的生活,珍惜今天的工作,每一天都过得充实而不空洞,那么,哪里还有时间去想"老"这回事呢?别说自己老,没有人会比时间更老。

人生永远没有太晚的开始,只有虚度的时光。如果你决定从现在开始,并且每天让自己忙碌起来,在忙碌中忘记时间的流逝,在忙碌中把自己感动,让自己感到满足,其实这就是一种成功。活得有价值且有意义,最大的成功莫过于此。

5. 可以接受失败,但绝对不能接受自己未曾奋斗过

我们经常在不该打退堂鼓的时候拼命后退,经常因为害怕失败而不敢去尝试,以至于连奋斗的勇气都没有。我们是不是应该反思一下?

在生活中,有许多我们不敢去尝试的第一次,但如果你不去尝试,你就体会不到那种发自内心深处的喜悦,你永远战胜不了另一个自己。或许有人会说:我失败了,怎么办?我害怕失败,因此我不去挑战我不敢做的事情。假如你这样想就错了,世界上没有一路成功的一生,同样也没有只有失败的一生。人的一生总会遭遇挫折,在你面对你没有做过的事情时,你退缩了,只说明了你的懦弱。倘若你选择去挑战,

去战胜,就算你失败了,你一样会感到自信的。因为你去做了,失败了大不了总结经验从头再来。

在一次世界花样滑冰比赛中,最后荣获冠军的是美国华裔选手关颖珊。

事实上,虽然关颖珊一心想拿冠军,可是在最后一场自选曲项目比赛之前,她的总积分仅排在第三名。在那种情况下,摆在关颖珊面前的只有两个选择:要么选一个普通项目稳保前三,要么挑一个难度非常大的自选项目突破自己。

这两个选择在当时看起来都十分难。前者尽管可以让她稳进前三名,但她势必与冠军无缘。而后者呢,或许会令她获得梦寐以求的冠军,但风险却很大,尽管在平时的训练中关颖珊曾经达到过相当水平,可她不能保证"稳拿",要知道一旦失败,她甚至连前三名都进入不了。

思索了一会儿,这位年轻姑娘的眼中闪过一丝刚毅,她最终选择了后者——突破自己。在 4 分钟的长曲中,她结合了最高难度的三周跳,而且还十分大胆地连跳了两次!这个出人意料的动作马上让场上所有的观众为之疯狂。结果不出所料,裁判给了极高的分数,关颖珊获得了冠军。

比赛结束,记者采访她时曾问道:"为什么你敢选择这样高难度的挑战呢?要知道你可能会输得很难看。"

关颖珊笑着说:"但我毕竟成功了。我之所以这样选择,是因为我不想等到失败了,再去后悔自己还有潜力没发挥。"

的确,假如有人问这样一个问题:你是不是宁可后悔一辈子，也不愿意冒险尝试，让自己的人生转败为胜呢？或许没人会回答"是的"。可在现实生活中，我们却经常在不该打退堂鼓的时候拼命后退，经常因为害怕失败而不敢去尝试，以至于连奋斗的勇气都没有。我们是不是应该反思一下？希望反思过后，我们每个人都能吼出一声：做人，何不放手一搏！

倘若为了避免失败而不去尝试成功，只会造成一生的遗憾，因为成功往往产生于再坚持一下的努力之中。关于冒险尝试，曾有这样一个故事：

虽然渴望成功，但因为太过害怕失败，杰克一直以来都是守规守矩。

一天，他遇到了一个水手，两人交谈起来。

杰克："你为什么要当水手呢？"

水手："因为我喜欢大海，我们家祖祖辈辈都喜欢大海。"

杰克："哦？那你的家里人都是水手了？"

水手："是啊，我爷爷就死在大海里。"

杰克："那你爸爸呢？"

水手："我爸爸也死在大海里。"

杰克："哦，那你可要注意安全。你是独生子吗？"

水手："不是，我还有一个哥哥，不过三年前他也死在大海里了。"

杰克："天哪，如果我是你，我肯定不会再当水手了！"

水手突然转过头来看着杰克:"你的爷爷死在哪儿?"

杰克:"床上。"

水手:"你爸爸呢?"

杰克:"也是床上。"

水手:"那么如果我是你,我一定不会再到床上去!"说完这句话,水手就离开了,留下杰克愣在原地。

几年之后,杰克和那位水手再一次相遇了。

水手:"嗨,朋友,你还好吗?"

杰克:"我还是老样子。你呢?没遇到什么危险吧?"

水手:"我遇到了很多次危险,但也从中积累了丰富的经验。现在,我已经是一名船长了。"

水手说完又转身离开了,杰克又一次愣在了原地。

如果害怕失败,永远都不会取得成功。世界上没有十拿九稳的成功之路,想要获得成功,就要具备不怕失败的勇气以及敢于拼搏的精神,否则,你只能平凡。

每个人都有可能取得成功,但也会遭遇失败。如果因为害怕失败,而不敢放手一搏,只能注定失败。就像杰克一样,连奋斗的勇气都没有,那他只能像他的爷爷、爸爸一样,死在床上。

在成长的过程中,我们会遭遇许多次失败,在以后的生活中,可能还有更多失败的体验。失败就像家常便饭一样,因此区别你与我的不是失败本身,而是应对失败的方式。失败后,找到失败的原因,从中发现自己的不足,为下一次的成功积蓄力量，这才是智者。

　　人生就在于尝试。只要用心去做，就算不成功，也不会留下遗憾，最起码为之努力过。我们可以接受失败，但绝对不能接受自己都未曾奋斗过。

6. 活着就要不妥协

　　我们每一个人都是被上帝咬过一口的苹果，因此没有谁是完美的。也正是因为上帝在将我们派发到人间以前咬了一口，我们才能有空间去奋斗成自己希望的样子。所以，我们其实就是自己的上帝，只要不妥协，不放弃，我们终有一天会成为自己想成为的人。

　　我们都生活在这个大千世界，可不同的是，每个人的生活方式不一样。有的人幸福，有的人悲惨；有的人富裕，有的人穷困；有的人快乐，有的人悲伤。或许造成这些区别有一定的客观因素，但更多的是人为因素。

　　可能有的人自小就生在贫困的家庭里，也可能有的人生下来就没有健康的体魄，这些都不是最重要的。因为这些都可以改变，只要不妥协，就可以改变这种命运。

　　让我们看一个小男孩的故事：童年本该是一个人最幸福的时光，然而不幸的是，他得了骨结核。由于发现不及时，加上家境不好，没能得到很好的治疗，结果导致他成了残疾人。

Chapter 11

年幼的他不仅要承受身体上的痛苦,还要承受心灵上的折磨。看到别人活跃在运动场上时,他心如刀绞。他觉得自己是世界上最不幸的人。周围人看到他都感到惋惜,心想,这个孩子完了,可能一辈子都要靠父母养活。

一次,他绝望地对妈妈说:"妈妈,你让我死了算了,我活着只会拖累你们。"

他的请求,让妈妈的心都碎了。妈妈的泪水在眼眶里直打转,但她强忍着没让它流出来,因为她知道,此刻儿子最需要的是鼓舞和温暖,而不是泪水。妈妈没有直接回答他,而是严肃地说:"孩子,你听说过上帝造人吗?"他点了点头。

妈妈又接着说:"孩子,上帝其实很公平,他造就了你这方面的优点,就一定会造就你那方面的缺点。这个世界上没有谁是完美的,也没有谁是一无是处的,每个人都有他自身存在的价值。虽然你的双腿残疾了,但这只是上帝跟你开的一个玩笑而已,相信他一定会在其他方面补偿你的。"

听了妈妈的话,他的内心受到了极大的震撼,心里立刻充满了阳光,原来上帝没有抛弃自己,他也是有价值的。

从此以后,他再也没有为身体的残疾而感到自卑、烦恼,而是全身心地投入到学习当中去。多年后,他以优秀的成绩考入了维也纳大学医学院,致力于耳科神经学的研究,并最终取得了举世瞩目的成就。他就是1914年诺贝尔生理学和医学奖的获得者罗伯特·巴雷尼。

从某种角度来说,罗伯特·巴雷尼的成功也是他做人的成功,命运是他战胜自身残疾的成功,同时也是他不向命运低头的成功!

无论是谁,都不能随意轻视自己,也不能向命运低头,更不能轻言放弃,即使你是一个不完整的人。世事难料,凡事没有绝对的可能,也没有绝对的不可能,只要努力奋斗,身体上的缺陷就能得到弥补。

有人说,我们每一个人都是被上帝咬过一口的苹果,因此没有谁是完美的,无所不能的。也正是因为上帝在将我们派发到人间以前咬了一口,我们才能有空间去奋斗成自己希望的样子,所以,我们其实就是自己的上帝,只要不妥协,不放弃,我们终有一天会成为自己想成为的人。

肯德基创始人——桑德斯上校60多岁时,穷困到身无分文的境地。他不得不向国会申请救济金。救济金发下来了,仅有105美元,这让他感到非常沮丧。

但生活还要继续,他开始琢磨摆脱贫困的办法。他想到自己还有一门手艺:炸鸡。炸鸡的方法是从母亲那里学来的,他想,将这个秘方卖给饭店可能会赚一些钱。但随即他又想到:卖了这个秘方根本赚不了多少钱,或许连房租钱都赚不来,而这个秘方肯定能为饭店招揽很多顾客,那么,我能否让饭店按照盈利情况给我提成呢?

桑德斯上校的这个方法在当时确实挺大胆的,有魄力的他不仅这么想，还真的这么做了。他一家饭店接着一家饭店地拜访，告诉对方："我有一个非常好的炸鸡秘方，倘若您能使用，生意肯定会蒸蒸日上，而我希望从增加的营业额里得到提成。"

这番话为桑德斯上校招来了许多嘲笑，很多人当面奚落他说："老家伙，你还是安分点吧，你如果真有那么好的秘方，为什么还穿这么可笑的邋遢服装？"

再难听的话，也没有让桑德斯上校打退堂鼓，他认为与其因前一家饭店的拒绝而生气，不如想办法去说服下一家饭店。他相信只要不放弃，就一定能找到一家愿意使用他的炸鸡秘方的饭店。

一晃两年过去了，在这两年里，桑德斯上校驾着他那辆又破又旧的"老爷车"跑遍美国的每一个角落。最后，终于有家饭店使用了那个秘方，并答应付给桑德斯上校提成。据统计，在桑德斯上校跑饭店的两年里，他被拒绝了1009次。

有的人得天独厚家境显赫，上天给了他优于常人的机会和条件。这些人当中不乏成功人士，但其中绝大多数人辜负了上天对他的眷顾和偏爱，浪费了宝贵的资源，没有利用自己的先天优势，以至于蹉跎了岁月，虚度了年华，肆意挥霍，纸醉金迷，最后一事无成。相反，有的人没有任何优势甚至处于劣势，只要他不向命运妥协，不甘沉沦，执着追求，努力拼搏，就会凭借自己的努力得到命运的垂青，最终到达成功的彼岸。

  可见,与生俱来的优势并不是决定人生成败的根本原因。如果你想要成功,那从这一刻起,开始奋斗,开始改变,你的未来也可以变得很耀眼。

  记住,活着就不要妥协。你并不比别人差,只要努力奋斗,你也会拥有别人羡慕的人生。你是自己未来的主宰者,你的命运由你来决定。

Huozai Dangxia,
Rang Meige Rizi
Dou Kanjian Huanxi

活在当下，让每个日子都看见欢喜

Chapter 12
活在当下，
让每个日子都看见欢喜

1. 现在就是最好的时光

逝去的时光,特别是那些青春的岁月,无论多么美好也不会再回来。而未来的时光,也是飘忽不定的。属于自己的,只有现在,能够握在手里的,就是最好的,不是吗?无论现在的时光是单调还是丰富,是平静还是汹涌。

最好的时光在哪里?在流逝的青葱岁月里,还是在未来的路上?有句话叫作"最好的时光,永远都是被辜负的",因为现在的我们总是觉得,最好的时光不是在过去,就是在未来。其实,"现在"就是最好的时光。记住,是每一个"现在"。

就让塔莎奶奶告诉我们,什么叫最好的时光吧。1915年,塔莎出生于美国马萨诸塞州的波士顿,父母都是文化圈名人。15岁那一年,她迷上了绘画和农业,农业生活的自给自足,特别是农田间的自然风光,让塔莎找到了很多绘画素材。

57岁那一年,孩子们都已经成家立业,塔莎孤身来到佛蒙特州的一座山丘上,建造了一栋18世纪风格的乡间别墅,开始了自己的新生活。在那里,她每天除了画画,还会种花、种菜,喂鸡喂羊,手工织布。包括她身上的复古裙也是自己缝制的。此外,她还热衷于烹饪和享受美食,使自己的生活充满了情调。一直到90岁高龄的时候,她还在独自照顾着自己的农庄。

塔莎奶奶的孩子们曾问她："您这一生很辛苦吧？"

塔莎奶奶说："不，完全不是这么回事，我一直在以度假的心情过日子，每天、每分、每秒我都很享受啊！"

塔莎奶奶还说："英国作家萧伯纳曾说过，只有年少时拥有年轻是件可惜的事，对我而言，随着年岁增长，日子过得充实，并且懂得享受生活的乐趣，现在，就是最好的时光。"

在我们身边，常有一些四五十岁就感叹自己老了的人，有的人更甚，30多岁就觉得自己老了，跟塔莎奶奶相比，我们不是太可笑了吗？90岁的她，依然在享受着自己最好的时光，因为在她看来，最好的时光不是青春的容颜，而是一颗不老的心，一颗懂得珍惜和感受大自然美好的有灵性的心。

其实，逝去的时光，特别是那些青春的岁月，无论多么美好也不会再回来。而未来的时光，也是飘忽不定的。属于自己的，只有现在，能够握在手里的，就是最好的，不是吗？无论现在的时光是单调还是丰富，是平静还是汹涌。

事实证明，不懂抓住现在的人是要付出代价的，让我们一起来看一下这个故事：

一位哲学家途经荒漠，看到很久以前的一座城池的废墟。如今的城池已经是满目疮痍，但还是能依稀辨认出它昔日的辉煌。这个哲学家打算在此处稍作休息，就随手搬过一个石雕坐了下来。

他点燃一支烟，想象着历史上发生在这里的故事，不禁感叹了起来。忽然，他听到有人说："先生，你感叹什么呀？"

哲学家四下张望，没有发现任何人。他再仔细一看，原来是那个石雕在说话,原来那是一尊"双面神"神像。哲学家从未见过双面神,于是就问:"你为什么会有两副面孔呢?"

双面神回答说:"有了两副面孔,我才能一面察看过去,牢牢吸取曾经的教训;另一面又可以瞻望未来,去憧憬无限美好的明天。"

听完,哲学家对双面神说:"过去的已经逝去,无法挽回,而未来的也是你无法得到的,即使你能对过去了如指掌,对未来洞察先知,又有什么具体的实在意义呢?"

双面神听了哲学家的话,不由得痛哭起来,他说:"先生啊,听了你的话,我终于明白,我为什么会落得这样一个悲惨的下场了。"

哲学家不解,于是双面神继续说:"很久以前,我驻守在这座城池,我自以为能够洞察过去,又能瞻望未来,所以没有用心去把握现在,结果,城池被强大的敌人攻陷,这里所有的辉煌都化为灰烬,我自己也在人们的唾骂声中沉寂了。"

这个故事告诉我们,不懂得抓住现在的人,将会失去未来。

著名作家屠格涅夫说:"没有一种不幸,可与失去的时间相比。"换句话说就是,人生最大的不幸就是不能好好地把握"现在",让它如流水一般逝去。

其实,每一个现在都会成为过去,每一个未来也会成为现在,只有把握每一个现在,让现在成为最好的时光,我们也才能拥有最好的人生。

2. 不要过晚上自我厌恶、白天依旧我行我素的日子

在这个瞬息万变的年代，更好的选择是以"善变"应万变。这里的"善变"不是变化无常的情绪，而是努力让自己更加优秀，让自己一直都在学习进步的道路上。

也许，你对自己窘迫的现状感到痛苦，对自己日日重复的工作感到厌倦，对每天家里单位两点一线的生活感到无奈，以至于你觉得自己是一个令人厌恶的人。

可是，你有为此迈出改变的脚步吗？

迈克尔·乔丹说："我可以接受失败，但绝对不能接受自己都未曾奋斗过。"反观我们，用一种厌恶的眼光盯着现在的生活，同时又"执着"地走在这条道路上。我们最常说的就是"我也很想改变啊，可是很难"，是真的很难，还是我们从来没有真正下过改变的决心？

拿破仑曾经说过，凡是取得胜利的人从来不说"不可能"。没错，要想改变现状，从下定决心开始。下面这个小男孩的故事，正是向我们展示了决心的力量之神奇。

有一天，一个乡村小学失火，一个小男孩不幸被熊熊的烈火所吞没。当人们终于把这个小男孩从烈火中救出来的时候，他已经奄奄一息了。他的下半身被严重烧伤，人们赶紧把他送到了附近的一个乡村医院。

躺在医院的病床上，小男孩已经神志不清，迷迷糊糊中，

他听到医生在对母亲说:"你的儿子恐怕是难逃一死了!"但小男孩并不想死,他在心里告诉自己,一定要活下来。让医生感到惊讶不已的是,他真的活了过来。

危险期刚过,小男孩又听见了医生和母亲的对话,医生对母亲说:"因为大火吞噬了他下肢的许多肌肉,他要是真死了倒好了,这下他注定要做一辈子的残废人,他无法再活动他的双腿。"这个时候,小男孩再次下定决心,坚决不做瘸子,一定要站起来!

出院回到家里以后,母亲常常给他的双腿做按摩,但小男孩的腿依然没有知觉。不过,他并没有因此就认命。除了睡觉的时间,他从来不躺下,而是坐在轮椅上。他一次次努力地要站起来,有一次,他用力过猛,一下从轮椅上摔了下去。但他没有哭泣,而是选择了爬行,他爬到院子的围栏边,费力地抓住围栏,让自己的身体直立起来。

就这样,他每天艰难地开始练习走路。最终,他双手松开栏杆,摇摇晃晃地可以自己走了。再接着,他健步如飞,最后他可以奔跑了。

小男孩在那样的逆境中都能勇敢迈出改变的脚步,都能那样的坚定,我们为何不能呢?

实际上,改变是一个会产生连锁反应的过程。首先是心态的改变,心态一旦改变,态度就会改变,态度一旦改变,习惯就会改变,习惯一旦改变,运气就会不同,最终带来的则是完全不同的一种人生。下面这对孪生兄弟的故事,正说明了这一点。

有一对孪生兄弟，分别叫李凯和李威，在一次乘大巴车出行的过程中，他们不幸遭遇了一场车祸，但都幸运地活了下来，而且是这场事故中仅有的两名幸存者。

兄弟俩都被送往附近的一家医院进行救治，虽然死里逃生，但两人面部都遭遇了重创，医生说会留下伤疤，原来的俊俏容貌是很难恢复了。李凯听说以后，整天躺在床上唉声叹气，觉得自己以后再也没脸出去见人了。有时候甚至还念叨着"与其赖活着，还不如死了算了"。李威则经常劝他说："我们能活下来是上天眷顾，我们应该努力活得更好才对。"

出院回家后，两兄弟的心态和做法也都很不同。李凯始终不愿意出门，整天窝在家里上网、打游戏，心情也很糟糕。而李威呢，他想，不管别人怎么嘲笑他，他都要勇敢地走出去，去开创新生活。后来，李凯终于不堪忍受这痛苦的生活，选择了用一瓶安眠药结束自己的生命。而这个时候，李威已经是一家运输公司的业务主管，开始了自己全新的灿烂生活。

古话说，以不变应万变，但如今在这个瞬息万变的年代，更好的选择是以"善变"应万变。这里的"善变"不是变化无常的情绪，而是努力让自己更加优秀，让自己一直都在学习进步的道路上。心理学上讲，适应性强的人往往更容易取得成功，所谓适应性强，本质上正是一个人跟随环境而改变的高速度。

你不改变，没有人会替你改变，而当你真的改变之后，你会发现改变其实远没有想象中那么难。现在就开始行动，改变自己，只有改变，才能跟那个你厌恶的自己说再见，才能发现那个让你欢喜的自己。

3. 把生活过得有血有肉、灿烂向阳

我们每个人都可能会遭遇挫折，但不能遇到挫折就低头认命，而应该拿出一颗乐观的心，去迎接困难，战胜困难。实际上，没有战胜不了的困难，只有被困难战胜的人。

面对一张死气沉沉的脸，你会是什么感觉？会不会恨不得上去抽他一嘴巴？那么，当我们怀着一颗死气沉沉的心来面对人生时，你觉得人生会如何招待我们？不用说，它是一定不会盛情款待我们的。

想要人生精彩，自己先要充满活力。即使面对生活中的不幸，也依然能乐观向前。美国前总统罗斯福的乐观精神，就很值得学习。

一次，美国前总统罗斯福的家中被盗，丢失了很多东西。他的一位朋友得知后，赶紧写了一封信，劝他不要太在意。

罗斯福在给这位朋友的回信中写道："亲爱的朋友，谢谢你来安慰我，我现在很平安，感谢生活。因为，第一，贼偷去的是我的东西，而没伤害我的生命；第二，贼只偷去我的部分东西，而不是全部；第三，最值得庆幸的是，做贼的是他，而不是我。"

换作是我们遭遇家中被盗，是不是早已经怒火朝天了？

其实，人生路上，有很多意外是不可避免的，既然如此，不如怀一颗乐观的心淡然处之。接受不能改变的，改变你能改变的，这是最明智也是最好的选择。

乐观是希望之花，能赐予我们神奇的力量。在困难面前，乐观的人看到的是希望，悲观的人看到的就只是困难。心理学家在研究中发现，一个人如果老是低头看下面，他思考问题的方式就会变得悲观。所以，不管在人生的道路上遇到什么问题，我们都应该昂起高贵的头颅，迎着阳光的方向前行。

被誉为"现代法国小说之父"的巴尔扎克，更是用他的亲身经历告诉我们，人只要怀有一颗灿烂向阳的心，再灰暗的人生也能迎来阳光明媚的一天。

在成名之前，巴尔扎克其实也经历了一个艰难的奋斗过程，但无论多么艰难，他的内心始终都是充满阳光的。

他原本是学习法律的，可是在大学毕业后偏偏想当作家，对此，父亲极力反对，一直劝告他去当一名律师。可是，巴尔扎克全然不顾父亲的反对，毅然开始了自己的作家之路，父子关系也因此闹的很僵。

不久之后，父亲就断然拒绝了向他提供任何生活费用，而他寄出去的作品也被一个接一个地退了回来。很快，巴尔扎克负债累累，生活完全陷入了困境。最艰难的时候，他的一日三餐都是干面包和白开水。但即便如此，他依然怀有一颗乐观向阳的心，每当吃饭的时候，他就在桌子上写上"香肠"、"火腿"、"奶酪"等字样，然后在美好的想象中完成一次狼吞虎咽的"享受"。

而且，就是在这样艰难的日子里，他竟然不惜花费700法郎买下了一根珍贵的手杖，并在手杖上写下了"我终将粉碎一切障碍"这样一句话。这句话可谓是气壮山河，我想正是靠着这样一种精神，他才取得了后来的杰出成就。

巴尔扎克说过："困难，对于弱者来说是一个万丈深渊，对于强者来说却是一笔巨大的财富。"可见，他正是靠着一颗阳光的心把种种困难化作了最宝贵的财富。

其实，谁的人生路上没有一点灰色调呢？在求学、工作或者创业的各个方面，我们每个人都可能会遭遇挫折，但不能遇到挫折就低头认命，而应该拿出一颗乐观的心，去迎接困难，战胜困难。实际上，没有战胜不了的困难，只有被困难战胜的人。你越是乐观，你战胜困难的勇气就越强大，你的力量和智慧也会随之迸发。相反，你越是悲观，你的勇气、力量和智慧也会偃旗息鼓。

都说"乐观说起来容易，做起来难"，但其实，在现实生活中很多人不能做到乐观，根本原因在于不相信乐观的力量，觉得乐观不过是一种自我安慰，甚至是自我欺骗。其实真的是这样吗？乐观连科学无法攻克的癌症都可以战胜，想想吧，一颗乐观向阳的心到底有多么强大的力量。

4. 跟沉湎过去裹足不前的自己说再见

人生，裹足不前是可怕的，更可怕的是人意识不到自己的裹足不前，更更可怕的是人尽管意识到自己的裹足不前却不以为然。

有多少人，沉湎在过去而走不出来；有多少人，深陷在过去的痛苦中难以自拔；又有多少人，被日日重复的机械式生活牢牢困住，难以挣脱。怎么办？跟过去说再见，让自己清零，唯有如此，才能在一个崭新的起点上续写全新的未来。

接下来的这个小故事，很简单，但却揭示了一个深刻的道理。

有一天，一位在大学讲解禅学的教授来请教南隐禅师。教授进门就问："大师，什么是禅？"南隐禅师并未急着回答，而是请教授先坐下来。

南隐禅师端上一壶茶，倒向教授面前的杯子中，杯子满了，南隐禅师像是毫无察觉，继续在倒茶。见此状，教授赶紧伸手制止，并说："满了满了！大师不要再倒了！"

南隐禅师这才停下来，气定神闲、意味深长地说道："你的头脑里已经装满了对禅的看法，还来请教我什么是禅，你如果真的想听我说说什么是禅，要先把你的杯子倒空啊！"

这个故事告诉我们，在适当的时候让自己清零，我们的内心才能有空间去接收新的东西，才能开启新的生命之旅。其实，这个道理人人都懂，有很多人也真的想放下过去，再度启程，但却苦于放不下。必须承认，要彻底放下过去并不容易，但也绝不是不可能的。

读完下面这个哲理小故事，你就会相信了。

从前，有一个苦者找到一个和尚倾诉心事。

苦者对和尚说:"我放不下一些事,放不下一些人。"

和尚对他说:"没有什么东西是放不下的。"

苦者继续说:"这些事和人,我当真是放不下。"

于是,和尚让苦者拿起一个茶杯,然后和尚就往里面倒热水,水满了也没有停下来,就在水溢出来的一瞬间,苦者因为被烫到手马上放下杯子。

和尚说:"这个世界上没有什么事是放不下的,痛了,你自然就会放下。"

看到了吧,说自己放不下的人,其实还是不想放下。那曾经的过去,痛苦也好,悔恨也好,就像一杯高温的水,真的烫到你的时候,你自然就会放下。

过去,可以不忘记,但必须要放下。放下痛苦,才能感受温暖;放下嫉妒,才能收获宽容;放下恨,才能重新爱;放下一段失败的过去,才能开启一个成功的未来。一个人在人生的道路上裹足不前,等待他的可能是一种凡庸的人生,而一家公司如果裹足不前,等待它的就只有残酷的死亡。

新型社交营销平台 Referly 创始人丹尼尔·莫莉(Danielle Morrill),曾在一篇文章中明确宣称,作为这家创业公司的创始人,她最担心的问题不是公司会倒闭,而是害怕它会变成一家"僵尸"公司。什么是"僵尸"公司?很简单,就是裹足不前的公司。比如柯达,对于我们很多人来说,柯达曾经是一个很熟悉的名字,可以说它是一个时代的印记。可是如今,这家成立于 1880 年的百年品牌,竟然消失在我们的视野之中,这一切都是因为柯达跟不上时代的脚步。

时代在进步，科技在创新，裹足不前的企业就只有被淘汰的命运。特别是在今天这个创新速度不断攀高的年代，已经不是创新者和不创新者之间的较量，而是谁能更快实现创新的较量。

人生，裹足不前是可怕的，更可怕的是人意识不到自己的裹足不前，更更可怕的是人尽管意识到自己的裹足不前却不以为然。

跟过去说再见，把过去的所有垃圾踩在脚下，我们才能够走得更高，就是登上世界之巅也未尝不可。

5. 如果对世界没有了好奇，你就真的老了

一个充满好奇心的人和一个好奇心匮乏的人，拥有的将是截然不同的人生。同样是看到苹果落地，牛顿充满好奇，所以他发现了万有引力，而那些对苹果落地无动于衷的人，依然是那个普通人。

都说"人生七十古来稀"，照一般人的看法，人到了70岁，就只有窝在家里享受天伦之乐的份儿了，说难听些，就是等死了。真的是这样吗？

有一位老人，已经是75岁高龄，却仍然坚持到处去旅游。有一次，一个朋友问他："你都一大把年纪了，为什么还要每天东跑西跑的？"

老人回答说："因为这个世界仍然让我充满了好奇，我迫

不及待地想去感受去体验我还没有看过的世界。"

是啊,世界很大,每到一个新的地方你都能发现新的风景。这是好奇心驱使,也是一种对美的向往。人若没有了好奇心,那意味着你已经老了。这并不是臆测,而是有着心理学上的根据。

心理学研究证明,当人们对某一事物产生兴趣时,体内就会分泌某种激素,这种激素可以阻止、延缓皱纹的生长。甚至对于体内的五脏六腑,也有一定的"保鲜"功能。一句话,好奇心是延缓身体衰老的灵丹妙药。

另外,从精神上说,好奇心还会催生一种能量,或者说是正能量,那是一个从好奇到兴趣,再到探索、追求的过程。在这个过程中,人的思维、意识、情感等都会经历一个被充分调动的过程,头脑会变得更加活跃,这是一个充满魅力的过程,让人兴致勃勃地投入其中,并毫无悬念地收获愉悦和满足。这种心理状态,正是让人在精神上保持年轻的秘诀。有句话叫作"无动于衷是百病之始",并非没有道理。在生活中多问一些"为什么",小孩子为什么有那么多"为什么"?因为他们足够年轻。

好莱坞著名影星英格丽·褒曼,在63岁时出演了《东方快车谋杀案》,并因此获得了奥斯卡最佳女配角的殊誉。

爱因斯坦在70多岁的时候,依然每天步行到研究所,研究这个,试验那个。

而影响了几代人的作家巴金,年过七旬依然笔耕不辍,写出了被视为他的最高成就的《随想录》。

还有演员王学圻，68岁出演抗战剧，还亲身上演一系列"飞檐走壁"的绝技。

这些人，虽然来自不同的领域，但却上演了人生路上共同的"老当益壮"，究其背后的原因，可以说都是好奇心的驱使，驱使着他们继续探索人生，探索世界。

关于好奇心，有这样一个有趣的故事。

大哲学家穆尔在剑桥大学任教时，有一天，同样是大哲学家的罗素问他："谁是你最好的学生？"穆尔毫不犹豫地说："维特根斯坦。"

穆尔回答得如此果断，让罗素觉得很奇怪，他追问道："为什么？"

穆尔说："因为，在我的所有学生中，只有他一个人在听我的课时，老是露着迷茫的神色，老是有一大堆问题。"

后来，维特根斯坦在哲学上的造诣越来越大，名气超过了罗素。有人问维特根斯坦："罗素为什么落伍了？"

维特根斯坦说："因为他没有问题了。"

看吧，好奇心对于人生有多么重要。毫不夸张地说，一个充满好奇心的人和一个好奇心匮乏的人，拥有的将是截然不同的人生。同样是看到苹果落地，牛顿充满好奇，所以他发现了万有引力，而那些对苹果落地无动于衷的人，依然是那个普通人；同样是面对那些花鸟草虫，达尔文充满了好奇心，所以他能够写出一部《进化论》，而把花鸟草虫这些大自然的成员不放在眼里的我们，依然是那个普通的我们。不要说牛顿是天才，达尔文也是天才，跟我们没有可比性，天才的起点就是那个你最看不起、最不在意的好奇心。

作为一个人,我们虽然渺小,但保持一颗好奇心,就能走向一个广阔的世界,就能收获一种别样的人生。

当然,好奇心需要一个度,适度的好奇心让我们保持年轻态,而过度的好奇心可能会带来麻烦。都说"好奇害死猫",猫有九命,最后却死于好奇心,也是有一定道理的。

6. 用欢喜的眼睛看世界,用爱的心去感受生活

世界不可能尽是我们想象中的模样,人生也不可能如期待中那样一帆风顺,唯有怀一颗乐观的心,才能发现美好,才能乐享幸福的一生。

大雨过后,有两种人,一种人抬头看天,看到的是蔚蓝和美丽,另一种人却是低头看地,看到的是泥泞和肮脏。

一千个人眼里有一千个哈姆雷特,同样是生活在这片蓝天下,不同的人眼里看到的也都是不同的世界。作家丁立梅说:"每个人都可以活在爱与欢喜中,如果你感觉不到爱和幸福,那是因为你没有用欢喜的眼睛看世界,没有用一颗充满爱的心去感受生活。"

生活也许不遂人愿,一路波折之后又是一路风雨,但只要学会用一双欢喜的眼睛看世界,一切都是美好的。苏东坡的一生可谓崎岖坎坷,大起大落,但他一直欢喜地活着。

因为为人率直,苏东坡得罪了当时朝中的权贵,结果屡

次被贬。35岁正当盛年时,就被贬往杭州任通判,从此开始噩梦般的贬谪流放。最远的一次,被贬到海南儋州,一个蛮荒之地,在这里,苏东坡度过了21年。不过,尽管几乎这一生都身处逆境,甚至多次面临杀头之罪,苏东坡一直怀着一颗欢喜的心,快乐地生活着。

比如被贬到杭州时,他不但不抱怨,还高兴地到西湖欣赏美景,并吟诗:"我本无家更安往,故乡无此好湖山。"在这里,他更是恪尽职守,为世人留下了如画般美丽的苏堤。

被贬到惠州时,那里不仅荒凉还十分炎热,可是苏东坡总能怀一颗欢喜的心,发现美好,也正是在这里,他写下那句流传千古的"日啖荔枝三百颗,不辞长作岭南人"。

林语堂先生在《苏东坡》中这样评价他,说:"他的一生是载歌载舞,深得其乐,忧患来临,一笑置之。他过得快乐,无所畏惧,像一阵清风度过了一生。"

换作是一个内心悲观的人,遭遇苏东坡这样的一生,是不是早就抑郁而亡了呢?不得不说,苏东坡的豁达心胸令人钦佩。不过,他还有更加令人钦佩的地方。

苏东坡的一生饱经磨难,但他的人性却是明亮、柔和和厚道的,他从来没有因为自己的不幸福遭遇与这个世界对抗。即便是面对那些故意陷害他的人,他最多也就是不喜欢,却从来没有上升到恨的地步。面对一些卑鄙小人对他的中伤、诽谤,他从来都是一笑置之。

苏东坡一生屡遭政治陷害,其中对他下手最狠辣的大概莫过于章惇。要知道,章惇和苏东坡原本是很好的朋友,但后来因为政见不和,屡次陷害苏东坡,甚至多次要置他于死地。即便是这样,在日后苏东坡终于北归后,章惇被贬岭南,苏东坡都没有"拍手称快"一下。此时的章惇,胆战心惊,唯恐苏东坡报复他。特别是章惇的儿子章援,还写了一封求情信给苏东坡,在信中,他认为北归的苏东坡定能得到朝廷的重任,也一定不会忘记昔日父亲对他的种种刁难、陷害。

然而,在回信中,苏东坡不仅把章惇认作老友,还真诚地劝告他如何在逆境中调整心态、保养身体。

苏东坡的做法,让我们看到了一颗充满爱的心,即使是对待自己半辈子的仇人,他依然是怀着满满的善意。反观我们,是不是经常因为一点人与人之间的小矛盾,就对这世界充满恨意了呢?其实,世界不可能尽是我们想象中的模样,人生也不可能如期待中那样一帆风顺,唯有怀一颗乐观的心,才能发现美好,才能乐享幸福的一生。

梵高说过,爱之花开放的地方,生命便能欣欣向荣。再平凡的生活也需要爱,再艰难的岁月里也要爱着,只有心中有爱,才能看到一个充满爱的世界。

7. 让每一个当下完好无损

时间就是生命,可是我们有哪一刻是真的视时间为生命的呢?我们深知生命的宝贵,但从时间的角度讲,生命不正是由一分一秒的时间组成的一条长河吗?浪费时间的人,时间也将把他给废掉。

光阴荏苒,岁月如梭,人的一生看似漫长,实际也不过是弹指一挥间。一位哲人曾经说过,人生其实只有三天,昨天、今天和明天。我们能做的,就是把握好每一个今天,每一个当下。

从前,有一个商队骑着骆驼在沙漠中前行,突然,不知是从何处传来一个神秘的声音:"抓一把沙子放在口袋里吧,它会变成金子。"

有人听见了,不屑一顾,觉得这纯粹就是胡言乱语。有的人半信半疑,但还是顺手抓了一把放在口袋里。还有一些人,他们对沙子变金子深信不疑,于是抓了尽可能多的沙子装在口袋里。这群人在沙漠中继续前行着,没有抓沙子的人走得很轻松,抓了很多沙子的人走得很辛苦。

终于,在很多天之后,他们走出了沙漠,这个时候,抓了沙子的人打开口袋,发现真的全都变成了金子。

这个故事暗示了什么呢?其实,时间就像沙漠里的沙子,只有那些紧紧抓住了时间的人,才能收获人生最宝贵的财富,才能实现人生的梦想。不愿紧紧抓住时间的人,虽然过得轻松又潇洒,但却注定了要一无所获。

不要说"明天我一定怎么怎么样",明天很多,明天也很远,我们能抓住的只有"今天",只有"这一刻"。怎样才算抓住"这一刻"呢?来看看这个故事吧:

有一个人坐在轮船的甲板上看报纸,突然,一阵风吹来,把他新买的帽子给吹跑了,他正要起身去追,就看到帽子掉落到了漫无边际的大海里。他摸了一下头顶，便继续看报纸了。这时，不远处的一个人对着他喊道："先生，你的帽子掉到海里了！""知道，谢谢！"然后又继续看他的报纸。可是，那人又喊起来："先生，那帽子可值几十美元呢！"

"是的，我正在考虑怎样赚钱再买一顶呢！帽子丢了，我很心疼，可它还能回来吗？"说完那人又继续看起报纸来。

这个故事中的主人公，显然是一个真正懂得抓住现在的人。人生难免会失去一些东西，甚至是一些珍贵的东西，但是既然已经失去了，再怎么懊悔也是徒劳无功，最重要的是，这还会白白浪费掉更多"今天"的宝贵时光。聪明的人，绝不应该去做这种得不偿失的事情，对吗？德国诗人布莱希特曾说过，不要为已消尽之年华叹息，必须正视匆匆溜走的时光。这其中的道理其实很简单，但真正要做到却不那么容易。想想吧，我们花费在懊悔过去上的时间是不是已经太多了？

当然，必须承认，人总有迷茫的时候，特别是当实现梦想之路遇到困难之时，手足无措也是难免的。但这绝不是"不作为"的理由，真正珍惜时间的人，一定会有他珍惜"这一刻"的做法。有一个小和尚，他告诉我们一个简单却深刻的道理。

在一座寺庙里，住持有一群虔诚的弟子。有一次，住持想要检验一下弟子们对佛法的理解程度，就吩咐弟子们每人去南山砍一捆柴回来。

弟子们出发了，可是，当他们走到南山脚下时，发现一条河挡住了去路。大概是因为近日连降大雨，洪水也从山顶奔流而下。看到这种情景，弟子们纷纷摇头，随后便调转方向返回寺庙了。

见到住持，弟子们都一副无精打采的样子，住持看到他们两手空空也便明白了其中的缘故。但是有一个小和尚，却是一副兴高采烈的样子。住持问："你何故如此高兴？"小和尚说："师傅，过不了河，无法砍柴，我见河边正好有棵苹果树，便把树上唯一的一个苹果摘回来了。"

后来，这个小和尚成了住持大师的衣钵传人。

小和尚是智慧的，他的智慧在于他懂得变通，在这条路行不通的时候以最快的速度转向另一条路，而不是傻傻地让时间之水哗哗流走。

人生不可能完美，但你可以选择让每一个当下完好无损。